CHANTILLY

1870 à 1891

CHANTILLY

1870 à 1891

———•◦•———

C. NOEL

SENLIS

IMPRIMERIE ERNEST PAYEN

9-11, place de l'Hôtel-de-Ville, 9-11

—

1891

AVANT-PROPOS

Dans sa pompe élégante, admirez Chantilly.
(DELILLE).

CHANTILLY évoque tant de souvenirs, rappelle tant d'hommes illustres, depuis le moyen-âge jusqu'à nos jours, qu'il n'est pas inutile, dans le livre que nous publions aujourd'hui, en retraçant l'historique de ce magnifique Domaine, de citer les noms de ses propriétaires successifs, auxquels la ville doit sa célébrité universelle.

Au Xe siècle, Chantilly n'était qu'un castel isolé sur les bords de la Nonette, au milieu d'une immense forêt ; quant à la ville, elle doit sa naissance et sa fortune aux Condé, à M. le duc d'Aumale, à la Société d'Encouragement.

Resserrée, jusqu'en 1809, dans la limite étroite

des concessions obtenues des libéralités des princes (ses habitants étaient tous, à un titre quelconque, des employés du Domaine), la ville ne pouvait devenir agricole : elle n'avait pas de territoire. Sous l'influence du duc de Bourbon (1735), qui en fit construire les ateliers, sur la rive droite de la Nonette, une fabrique de porcelaine fut créée. Elle ne fonctionnait plus sous le premier Empire et Richard Lenoir la convertissait en filature de coton. La chute de Napoléon Ier entraînait sa ruine. Des industries diverses, faïences, aiguilles, impression sur étoffe, papier, passementerie, boutons, filatures de laine, ont, tour à tour, essayé de s'implanter à Chantilly ; elles ont disparu les unes après les autres.

La fabrication de la dentelle à Chantilly date de 1710 ; elle a eu aussi ses temps de prospérité et d'épreuve, elle n'existe plus ; elle se tisse mécaniquement ailleurs, mais elle n'est plus qu'une imitation.

Depuis 1864, les établissements de porcelaine ont cessé d'exister.

La fortune de la ville a, pour ainsi dire, suivi celles des propriétaires du Domaine jusqu'en 1848 ; et si, à cette époque, sa prospérité n'a pas trop souffert de l'exil du duc d'Aumale, héritier des Condé, elle le doit aux courses de chevaux, inaugurées à Chantilly en 1833, par la Société d'Encouragement, avec l'agrément du Prince, sous le patronage du duc d'Orléans, frère aîné du duc d'Aumale.

Au cours de cette publication, nous verrons que l'augmentation nouvelle de territoire que Chantilly a obtenu, au détriment de Gouvieux, en 1859, n'est pas suffisante, non plus que celle qu'elle sollicite aujourd'hui. Nous démontrerons de plus que sa fortune nouvelle, son accroissement de population sont encore, presque exclusivement, dûs au propriétaire actuel du Domaine, qui a été, pour elle, un second Grand Condé.

Chantilly ne saurait devenir ville manufacturière, sa splendeur, son renom, la désignent pour être un séjour de luxe et de plaisir.

Nulle part, en France, on ne trouverait de plus nombreuses et de plus ravissantes promenades : des sites admirables, une pelouse toujours verte, une forêt enchanteresse dont, à l'automne, les échos répètent les bruyantes sonneries des veneurs, ainsi que les concerts donnés par les meutes courant le chevreuil, le cerf ou le sanglier. Quoi de plus charmant que la rivière de Nonette, dont les eaux claires et limpides qui coulent à travers le parc et la ville, avant d'aller se jeter dans l'Oise, à Toutevoie ? Où trouverait-on des sources jaillissantes pareilles à celles qui existent dans le parc, sur les versants de la rivière et près du parc des Fontaines ? Qui se lassera de contempler l'élé-

gant château, ses parterres délicieux, ses bos-
quets mystérieux, le tout encadré par des canaux, des bassins, des cascades frémissantes ;
puis à l'intérieur, des trésors de ciselure, de
peinture et de sculpture, ainsi que des émaux
d'une grande beauté, sans compter les objets
d'art et de science et une bibliothèque unique
qui dénotent la profonde érudition de l'artiste et
du savant collectionneur.

La situation exceptionnelle de Chantilly im-
prime à la ville un cachet particulier de splendeur
et d'élégance que ses édiles doivent avoir, assurément, à cœur de lui conserver ; ils n'ont plus,
en raison de sa donation à l'Institut, à compter
beaucoup sur la munificence du Prince.

Notre livre a pour but, tout en décrivant les
merveilles de Chantilly, de dire comment la ville
a été fondée et a progressé. Il servira au touriste,
au visiteur, à l'étranger qui viendra s'installer à
Chantilly, parce qu'il contiendra, en même
temps, tous les renseignements qu'il a intérêt à
connaître.

Avant 1735, les Princes de Condé avaient déjà fondé
sur l'emplacement actuel de la maison de M. Gibson, une
première fabrique de porcelaine. Les produits justement
réputés et très recherchés étaient offerts par les Princes
aux souverains étrangers et aux personnages illustres.
Un laboratoire de chimie était installé dans le sous-sol du
château.

PREMIÈRE PARTIE

Chantilly; son passé.

Anciens Propriétaires.

CHANTILLY, *Champ de tilleul*, ou encore *Cantiliacum*, en latin, mot dérivant du celtique *cent*, quantité, abondance; et *liex*, eau, fontaines : *Cent fontaines*.

Chantilly était au Xe siècle un simple manoir situé sur la paroisse de Saint-Léonard, dont le territoire arrivait alors jusqu'à l'emplacement actuel des Ecuries. C'est là que commençait celui de Gouvieux, mais les dépendances du Domaine s'étendaient sur Saint-Firmin et Gouvieux, en longeant les bords de la Nonette.

L'abbé Afforty, mort en 1726, dans les documents historiques qu'il a laissés, nous apprend que ROTHÔOLIS, de la maison de Senlis, qui comptait Charlemagne parmi ses aïeux, était en 990 seigneur d'Ermenonville et de Chantilly. C'est un Guillaume, issu de cette maison, qui avait construit sur un rocher où devait plus tard s'élever le château de Chantilly, une tour fortifiée, entourée de quelques constructions. Ses successeurs les agrandirent en les embellissant.

Au XIe siècle, le manoir de Chantilly appartenait encore AUX COMTES DE SENLIS, issus des anciens comtes de Vermandois que l'on appelait *les Bouteillers,* parce qu'ils avaient eu longtemps la charge de bouteiller de France. Ils le possédèrent pendant quinze générations, depuis l'an 1060 jusqu'en 1357. Cette maison éteinte, en France, vers le milieu du XVe siècle, a été, en Angleterre, la souche des comtes de Huntington et de Northampton.

Le Domaine, par suite des prodigalités de GUILLAUME IV, le dernier des Bouteillers de France, fut vendu au SIRE D'ESQUERY qui, par testament, le donna à GUY DE LAVAL, son cousin germain, connu sous le nom de Frère Jean de Laval. Dix ans plus tard (1386) il fut vendu à PIERRE D'ORGEMONT, chancelier de France et président au parlement de Paris.

Chantilly n'était alors qu'une place très forte, défendue par les marais qui l'entouraient de tous côtés; il a bien souvent été assiégé par les Anglais et les Bourguignons, et, quand, par le mariage de Marguerite d'Orgemont avec JEAN II DE MONTMORENCY, il passa à de nouveaux maîtres, ses vieilles murailles portaient plus d'une noble cicatrice.

GUILLAUME, fils de Jean, hérita de Chantilly. Ce fut un brillant serviteur de la Couronne pendant les règnes de Louis XI, de Louis XII et de François II. Il eut pour successeur

Anne de Montmorency.

ANNE avait passé sa jeunesse dans les camps, sous l'œil de Bayard. Il y conquit le bâton de maréchal, le titre de généralissime des armées françaises et l'épée de connétable. Il fit communiquer la plaine à la forteresse par une pente douce; au midi, il la relia par un pont-levis, qui accédait au niveau du préau de la forteresse primitive. Cette longue pente, il l'aménagea, en y pratiquant des casemates, des casernes, des souterrains destinés à abriter les hommes d'armes.

Il partagea ses affections entre Ecouen et Chantilly, érigés en duchés en 1521. C'est lui qui fit construire, sur les plans de Jean Bullant, de 1541 à 1545, à côté de l'ancien château féodal, bâti par les comtes de Senlis, dans le style élégant de la Renaissance, le châtelet qui existe encore aujourd'hui.

L'enceinte du manoir fut reculée, les parterres dessinés, de grandes et belles allées s'ouvrirent dans la forêt : l'avenue du Connétable, d'une largeur de trente mètres, qui fait face à l'esplanade du château pour traverser la forêt, en ligne droite, sur une longueur de plus de 4.500 mètres, date de cette époque. Elle est aujourd'hui la principale route d'entraînement; elle traverse le chemin de fer sur un viaduc de même largeur, au-delà de la route du Gros-Hêtre, pour aboutir à la route de la côte de La Morlaye ou Lamorlaye. On désigne plus communément cette magnifique avenue sous le nom de route des Lions, à cause des deux lions en pierre qui, du côté du château, paraissent en garder l'entrée; mais le carrefour où elle se croise avec la route Milliard et les chemins de l'Abreuvoir et des Feuilles-Mortes, a toujours conservé le nom de son auteur. Avant d'arriver au chemin de fer, elle forme le carrefour du Petit-Couvert : avec la route des Grès qui fait suite à la route du duc d'Enghien, la Vieille-Route, le layon Toudouze et la route des Aigles, qui conduit à celle des Tombes.

Charles-Quint, les rois Charles IX et Henri IV ont été, à Chantilly, les hôtes des Montmorency, qui conservèrent le Domaine jusqu'à la mort tragique de Henri II, gouverneur du Languedoc. Ce prince, qui avait été pris les armes à la main, battant l'armée du Roi, à la bataille de Castelnaudary, fut décapité à Toulouse, sur la place Salin, sous le ministère du trop habile et impitoyable Richelieu, le 30 octobre 1632, en exécution d'un arrêt du parlement de la même ville qui le condamnait « comme coupable de haute trahison à être livré ès-mains de haute justice, pour avoir la tête tranchée sur un échafaud. » L'arrêt confisquait en même temps, au profit de la Couronne, tous les biens du condamné.

Louis XIII conserva la propriété de Chantilly jusqu'à sa mort; pendant la minorité de Louis XIV, la reine-mère, Anne d'Autriche, en 1633, la cédait en toute propriété à Charlotte-Marguerite de Montmorency, sœur de l'infortuné Henri II, mariée à HENRI DE BOURBON, DUC D'ENGHIEN, PRINCE DE CONDÉ. Charlotte fut mère du Grand Condé, du prince de Conti et de la duchesse de Longueville.

Ce Condé, fils posthume d'un autre Henri, n'était pas riche lorsqu'il avait épousé Charlotte de Montmorency, en 1608 ; elle fut, pour son mari, un sujet de mille chagrins. La plus grande gloire de Henri, dit Voltaire, ce fut d'être le père de LOUIS II DE BOURBON, connu sous le nom de duc d'Enghien, avant d'être surnommé le Grand Condé ».

1.

Le Grand Condé.

« Condé dont le nom seul fait tomber les murailles,
« Force les escadrons et gagne les batailles ».

(BOILEAU).

La célébrité de Chantilly date surtout du Grand Condé. Dépossédé de ses biens, de 1654 à 1669, par un arrêt du parlement de Paris qui, par contumace, l'avait condamné à mort pour rebellion contre le gouvernement de Louis XIV, le prince de Condé était gracié après les guerres de la Fronde. Un traité conclu à l'occasion du mariage du Roi, avec l'infante Marie-Thérèse d'Espagne, prenant en considération le repentir du coupable, lui rendait ses biens et dignités.

Rentré à Chantilly, il agrandit la pelouse, il achète les marais de Gouvieux et toutes les terres qui se trouvaient entre le chemin royal de Senlis à Gouvieux et la grande rue actuelle de Chantilly. Tous ces achats sont faits, en vue de l'agrandissement du parc et de l'établissement du grand canal. Il s'entoure des plus habiles ingénieurs, et les eaux de la Nonette inutiles et perdues se transforment en majestueuses cascades, en nappes limpides qui donnent à ce lieu la grâce et la vie qui lui manquaient. Il restaure le château, sous la direction de Mansart. Le

Nôtre trace les parterres et fait percer de nouvelles routes dans la forêt. C'est au Grand Condé qu'on doit le grand canal, les canaux des eaux minérales et de Manse, le bâtiment et la machine hydraulique qui donne encore aujourd'hui l'eau à la ville. Il y avait deux réservoirs placés l'un à côté de l'autre, sur une ligne allant de l'est à l'ouest. Un beau matin on s'aperçut qu'il n'y avait plus d'eau ; le plancher d'un des réservoirs s'était effondré pendant la nuit dans les carrières qui se trouvent sous la petite pelouse. C'est l'endroit où se tient aujourd'hui la fête de la ville.

On les reconstruisit, un peu plus vers l'est, sur une ligne allant du nord au midi ; l'un d'eux a été comblé en 1882, pour agrandir l'hippodrome, sur la demande de la Société d'Encouragement pour l'amélioration de la race des chevaux en France.

Ils avaient été construits dans le but d'alimenter les différents jeux d'eau du parc, ainsi que les cascades qui existaient entre la rue de l'Abreuvoir et l'avenue de Condé.

Condé reçut la visite de Louis XIV, et les fêtes somptueuses qu'il donna ont été immortalisées par Mme de Sévigné, qui raconte le retard de la marée et la mort du maître-d'hôtel Vatel.

L'inimitable écrivain parle des pompes de Chantilly comme de la chose la plus surprenante, la plus merveilleuse, la plus inouïe, la plus singulière, la plus incroyable, la plus imprévue pour les assistants, la plus rare et la plus éclatante, une chose dont on ne retrouve pas d'exemple dans les siècles passés.

Paris fut, dit-on, plusieurs jours sans musique et sans spectacle.

Par le dessèchement des marais, le Grand Condé avait assaini; pour faciliter l'écoulement des eaux, il fit construire des aqueducs, des ponts; pour augmenter les moyens d'exploitation, il ouvrit des chemins ; c'est ainsi qu'on fonde les villes.

En même temps qu'il rachetait des terrains pour embellir le Domaine, le Grand Condé avait compris qu'il fallait faire construire de nouvelles maisons et des hôtelleries pour recevoir les étrangers attirés à Chantilly ; déjà il avait donné à cens, de 1672 à 1684, divers lots de terre situés sur la côte, en avant, et sur l'emplacement qu'occupent aujourd'hui les Grandes Ecuries, c'est-à-dire au bois de la Genevraye, disparu. On y construisit l'hôtel de la Maison-Blanche ou du Pélican, ainsi que ceux de la Grande-Barbe, de l'Épée-Royale, des Trois-Couronnes et du Cygne.

Indépendamment de ces constructions nouvelles, on trouvait encore dans la Grande-Rue, aux nos 12 et 14 actuels, en face l'église, construite en 1692, dans une maison, dite de Beauvais (1), l'hôtel du Syndic, dont l'architecture, *pur style Renaissance*, atteste l'antiquité ; elle appartient à M. Meunier et mériterait d'être classée parmi les bâtiments historiques. La Faisanderie, qui est aujourd'hui l'hôpital vétérinaire créé par M. Chapard. La maison d'habitation a été conservée et le vestibule est orné d'une toile peinte de treillage garni de fleurs et de verdure datant du XVIe siècle. L'hôtel Quinquempoix, dans les dépendances duquel fut installée la Figuerie. C'est dans les bâtiments de cet établissement que, sur l'ordre du Grand Condé, furent fondés, au moment où il allait entreprendre les grands travaux, les ateliers de serrurerie qui, depuis près de deux siècles, sont exploités, de père en fils, par la famille Toupet, ainsi qu'en témoigne un brevet délivré par Henri de Bourbon à un des ancêtres de M. Toupet, aujourd'hui entrepreneur de serrurerie dans les ateliers créés il y a plus de deux siècles.

Les écuries existaient dans la rue actuelle de Paris, entre la place de l'Hôpital et la rue de Gouvieux, et les chenils, au n° 95 de la Grande Rue, dans la maison de M. Lamarre, boucher, depuis le

----

(1) Ainsi nommée parce que les gens de justice de Beauvais étaient obligés de tenir les assises à Chantilly, le Connétable étant haut justicier.

moment où la capitainerie des chasses de la forêt d'Halatte appartenait aux Montmorency.

Les n°ˢ 47, 49 et 51 de la même rue furent construits à peu près à la même époque. Ils étaient des hôtelleries.

La route aujourd'hui nationale d'Amiens à Paris passait, à cette époque, à la hauteur de la gendarmerie actuelle et à travers les terrains, devenus depuis propriétés de MM. Bocquet, Poiret, comte Le Marois, Delamarre, de Saint-Albin, T. Hurst, Maurice Ephrussi et Paul Aumont.

Vers la Canardière, on rencontrait encore, le long de la rue de ce même nom et sur la route, qui n'était encore qu'un chemin de communication, quelques hôtelleries et maisons, ainsi que des cabanes qui servaient d'habitation à des bûcherons et ouvriers employés dans la forêt.

Le Grand Condé fut donc le fondateur de la ville de Chantilly ; il mourut à Fontainebleau, le 11 décembre 1686.

C'est à Chantilly qu'il passa les dernières années de sa vie. « On voyait le Grand Condé, à « Chantilly comme à la tête de son armée, tou- « jours grand dans l'action et dans le repos. On « le voyait s'entretenir avec ses amis dans ces « superbes allées, au bruit de ces eaux jaillis- « santes qui ne se taisaient ni jour, ni nuit. » (Oraison funèbre du Prince, par Bossuet).

Monsieur le Prince.

HENRI-JULES DE BOURBON, son fils, qu'on appelait Monsieur le Prince, était issu du mariage de Louis II. de Condé et de Clémence de Maillé de Brézé, nièce de Richelieu.

Au moyen d'un legs de 150.000 livres laissé par son père, Monsieur le Prince fit construire l'église (1692). C'est la date de la transaction concernant le démembrement de la paroisse de Gouvieux, pour la réunir à celle de Chantilly.

Le prince de Condé avait, avant sa mort, obtenu l'érection d'une paroisse nouvelle à Chantilly ; jusque-là, le château avait dépendu de la paroisse de Saint-Léonard, ainsi que nous l'avons déjà dit.

Le hameau des Fontaines fut annexé au territoire de Chantilly, mais le parc du même nom restait sur Gouvieux.

Henri-Jules avait épousé Anne de Bavière, princesse palatine du Rhin ; il resta éloigné de tout commandement important. Il jouissait d'un revenu de 1.800.000 francs.

Il avait une passion exagérée pour la chasse ; sa vénerie se composait, dit-on, de 500 chevaux et de 80 couples de chiens, sans compter une centaine de valets. Sa passion dégénéra en folie ;

sur la fin de ses jours, il imitait les aboiements du chien. Il mourut à Paris le 1er avril 1709, à l'âge de 66 ans.

En 1708, il avait racheté les maisons bâties sur les terrains concédés de 1672 à 1684, à l'exception de l'hôtel du Cygne, qui, masqué par l'église, ne pouvait servir à la construction des Ecuries, qu'il avait déjà projetée.

Monsieur le Duc.

Le beau nom de Condé appartint à *Monsieur le Duc*. A peine si le corps de ce petit prince suffisait à porter un si grand nom; il mourut le 3 mars 1710, n'ayant pas un seul ami. Sa vie était considérée comme une calamité publique et sa mort fut accueillie comme une grâce. Sa femme, Madame la duchesse Louise-Françoise de Bourbon, fille naturelle du Roi et légitimée de France, répondit par un sourire au dernier soupir de son mari.

Il est vrai qu'il eût fallu plus que du respect pour le mariage, si elle eût voulu rester fidèle à son mari; l'aimer eût été un véritable héroïsme conjugal. C'était un nain gros et gras, avec une tête d'une monstrueuse grosseur, une face d'un jaune livide d'où sortaient deux gros yeux exprimant tour à tour la fierté et l'audace ou la colère et la fureur. Son moral répondait à son physique.

Louis XIV l'avait obligé de renoncer au titre de *Prince* pour se réduire à celui de *Duc*.

Louis-Henri de Bourbon.

LOUIS-HENRI, DUC DE BOURBON, septième prince de Condé, hérita du Domaine de Chantilly. Nommé chef du conseil de régence, sous l'autorité du duc d'Orléans, après la mort de Louis XIV, il en profita pour amasser des sommes énormes dans les scandaleuses opérations du trop célèbre financier Law, qu'il protégea. Lorsque Law fut obligé de s'enfuir de Paris, le 12 décembre 1720, ce fut dans une voiture du duc, conduite et gardée par les domestiques, portant la livrée du prince.

A cette époque de notre histoire, les mœurs s'affranchissaient de toutes contraintes et de toutes bienséances, la galanterie était poussée jusqu'au degré du libertinage.

Madame Berthelot de Prie, qu'on appela la marquise de Prie, lorsqu'elle devint la maîtresse en titre de M. le Duc, était une femme habile, d'une intelligence remarquable ; elle était de plus, ce qui ne lui nuisait pas, d'une beauté hors ligne. Le duc l'avait connue au bal de l'Opéra, véritable bazar de beautés où, chaque nuit, les appas se vendaient au plus offrant.

Elle rêvait, pour le duc, le ministère, comptant qu'en son nom, elle pourrait exercer le pouvoir absolu.

Nommé surintendant de l'éducation du jeune Roi, il devint, grâce aux intrigues de Madame de Prie, premier ministre, après la régence du duc d'Orléans.

Il séjournait le plus souvent à Chantilly, où il avait une cour digne d'un souverain et un train de maison plus que royal. Au retour du sacre de Reims (1725), Louis XV honora d'une visite son premier ministre. Le jeune roi, en présence du luxe prodigieux avec lequel il fut reçu, éprouva-t-il le sentiment de mauvaise humeur, jadis ressenti à Vaux par son père et qui précipita la chute de Fouquet? toujours est-il que quelques mois après, M. le Duc tombait en disgrâce. Il était arrêté par ordre du Roi et remis entre les mains d'un exempt chargé de le conduire à Chantilly, où il était exilé. Pour Madame de Prie, elle fut envoyée au fond de la Normandie, avec injonction expresse de s'y tenir; elle s'empoisonnait l'année suivante.

La chute du ministère du duc de Bourbon fut accueillie à Paris avec des transports de joie.

Il avait reçu à Chantilly Marie-Louise-Elisabeth d'Orléans, duchesse de Berry, fille du

Régent, qui mourut plus tard à la suite d'un souper à Meudon. La légende rapporte que l'amour était de moitié dans toutes les fêtes de cette princesse.

L'exil du prince n'eut rien de pénible, son ambition avait été satisfaite; ses constructions, l'histoire naturelle qu'il affectionnait, absorbaient tout le temps qu'il ne donnait pas au culte de Vénus.

Une pensée de galanterie, une complaisance d'amant, avait, dit Rousseau-Leroy, inspiré la construction des Écuries : — vaste et trop somptueux édifice pour l'usage auquel il est destiné.

Les Écuries.

C'est un immense parallélogramme construit sur l'ancien bois de la Genevraye ; sa façade regarde la forêt. « Des groupes hurlants, de marbre, placés au fronton, semblent jaillir comme par enchantement; chiens héroïques pendus aux flancs d'un cerf aux abois. Ils sont monuments, ainsi que cette hure, autre trophée de la cour d'honneur, ainsi que ces trois bustes de chevaux échevelés qui hennissent de douleur à leurs côtés. A chaque extrémité est un pavillon dont l'entablement est couronné d'une balus-

trade de pierre qui tourne autour du bâtiment.
Ces pavillons ont trois arcades. Celles du milieu
sont des portes avec des amortissements qui sou-
tiennent trois figures de chevaux. Dans le ren-
foncement du cintre de l'arcade de la principale
porte, sont trois chevaux de demi-bosse. Aux
côtés, on voit deux groupes de lions, supportés
par quatre pilastres ioniques. La corniche forme
un fronton circulaire sur le cintre duquel deux
anges tiennent les armes du Prince. » Le comble
est surmonté d'une terrasse où se trouvait une
Renommée en plomb. Elle n'a pas été démolie
à coups de canon, comme par erreur l'a dit
M. Hippolyte Lecerf, mais déboulonnée sur
l'ordre du maire Antheaume, par le serrurier
Toupet, pendant la Révolution. On a évité ainsi la
destruction de la toiture des Écuries que se pro-
posaient de faire les révolutionnaires. La Renommée a été ensuite descendue et livrée à la Con-
vention, qui avait prescrit l'enlèvement des
plombs, cuivre, fourneaux et chaudières pour
être expédiés à l'hôtel des Monnaies, à Paris.

On entre sous le dôme, et en face paraît une
fontaine dont l'eau est reçue par une cuvette où
étaient autrefois deux chevaux de plomb de
grandeur naturelle. L'un semblait boire et était
accompagné d'un enfant qui embouchait une
conque marine. L'autre buvait dans une coquille
tenue par un autre enfant.

En haut sont deux génies tenant un cartel, dans lequel est l'inscription suivante :

Louis-Henri de Bourbon, septième prince de Condé, a fait construire cette écurie et les bâtiments qui en dépendent, commencés en 1719 et finis en 1735.

Ces Ecuries peuvent contenir 240 chevaux. Les murs sont ornés de têtes de cerfs ; chaque extrémité forme une portion circulaire formée en ciel de four, au-dessus de la voûte, où sont peintes deux chasses, l'une au loup, l'autre au sanglier. Cinquante appartements de maîtres occupent l'étage supérieur.

La pierre qui servit aux nombreuses constructions était extraite de la carrière qui se trouve au-dessous de la pelouse ; une galerie voûtée, qui commence dans le parc même du château, traverse la route départementale qui conduit à Montgrésin.

Plusieurs regards, qu'on rencontre sur la pelouse, donnent du jour à cette carrière. Les pierres qui ont servi à M. le duc d'Aumale, pour la reconstitution du château, proviennent en grande partie de ce sous-sol ; c'est ce dernier prince qui a fait creuser la galerie voûtée, ainsi que les vastes dépendances des Ecuries qui donnent, près de l'église, sur la rue de Paris. Ils servent de bureaux à l'administration du Domaine.

Le Château-Gaillard.

Un des intendants du duc de Bourbon se disposait à construire une maison sur la petite place qui se trouve à gauche de l'hôpital, lorsque le Prince vint à passer. S'étant approché, il questionna les ouvriers et leur demanda si on avait l'intention de construire un château-*gaillard*; de là le nom de la maison. Pour complaire à son maître, on est forcé de le supposer, le propriétaire modifia tous ses plans et construisit la maison-*gaillard*, qui devint le petit parc aux biches du prince sybarite. La position bien étudiée, bien combinée de cette maison permettait au duc, s'il faisait ouvrir les portes des Ecuries, d'apercevoir, d'une des fenêtres du château, celles de la maison-gaillard. Au moyen d'une longue vue, il distinguait les sirènes de ce harem, et, par des signaux, il faisait comprendre ses désirs, auxquels on s'empressait de satisfaire.

Il concéda de 1726 à 1732 aux habitants de Chantilly de nouveaux terrains sur la pelouse. Ils s'étendaient, à partir des grandes Ecuries, jusqu'au réservoir, et les maisons qui y ont été construites, sur un plan uniforme, existent encore aujourd'hui.

Il agrandit l'église en y ajoutant une travée

et les bas-côtés et, avec les ressources spéciales créées par Henri-Jules de Bourbon, il fit construire l'Hospice de Condé, ainsi qu'il résulte des lettres-patentes octroyées par Louis XIV.

Ses immenses constructions, les nombreuses concessions qu'il fit, ont puissamment contribué au développement de la ville.

Une nouvelle fabrique de porcelaine s'établissait dans la rue de la Machine. Ses vastes bâtiments servent aujourd'hui de logement aux ouvriers. Celle construite en 1710 était en pleine activité.

Louis-Joseph de Bourbon.

L'avant-dernier prince de Bourbon, LOUIS-JOSEPH, après la mort de son père, arrivée le 27 février 1740, hérita du Domaine. Il fit édifier le château d'Enghien, vaste hôtel qui n'a certainement pas le cachet d'élégance des autres constructions du Domaine de Chantilly, mais il a l'avantage de pouvoir confortablement loger beaucoup de personnes sans les astreindre à monter plusieurs étages. Il créa, près des bois de Sylvie, les petites maisons d'aspect champêtre qui prirent le nom de Hameau. L'île d'Amour est de la même époque.

C'était un prince aimable, spirituel et brave,

disent Louis Tarsot et Maurice Charlot ; Louis XV
et Louis XVI l'eurent en grande estime et virent
sans déplaisir la cour dont il s'entourait à Chantilly rivaliser avec celle de Versailles pour la
magnificence et le nombre. Aucun prince étranger ne fût venu en France sans visiter Chantilly ;
chaque visite était l'occasion de fêtes splendides.
Les rois de Danemark et de Suède, l'empereur
Joseph II, le Comte du Nord, depuis Paul Ier, y
vinrent tour à tour.

Le Prince de Condé ayant invité ce dernier à
faire un séjour à Chantilly, eut l'idée d'offrir,
au futur czar, à souper sous le dôme des Ecuries.
Des draperies splendides furent tendues de tous
côtés. Au dessert, le prince de Condé demanda
à son hôte où il croyait être : « Dans le plus
somptueux salon de votre palais », aurait-il ré-
pondu, dit la légende. Au même instant, le cor
donne le signal, les tapisseries s'écartent, et le
Comte du Nord aperçoit, avec étonnement, —
les deux ailes du bâtiment illuminées, avec les
chevaux dans leurs stalles.

La légende ne dit pas si le futur czar fut très
satisfait ; en tout cas, partout ailleurs qu'à
Chantilly, cette réception eût été de mauvais
goût.

Madame de Pompadour et la comtesse Du
Barry furent, avec la Cour, les hôtes de Louis-
Joseph de Bourbon, qui se montra pour les maî-

tresses du roi, l'un des courtisans les plus souples. Ce fut, pendant ces séjours, une suite continuelle de plaisirs et de fêtes, que la comtesse, qui était traitée en reine à Chantilly, aime à rappeler dans ses Mémoires.

Le Hameau.

Le Hameau, composé de quelques chaumières dans le faux goût pastoral du Petit-Trianon de Versailles, fut témoin de scènes qu'on traiterait aujourd'hui d'arlequinades.

Auprès de la Chaumière s'élèvent une miniature de moulin, une laiterie.

La jeunesse de Louis XV venait y réaliser, sous des costumes d'apparence rustique, des pastorales à la mode. Les marquis devenaient jardiniers et meuniers, les comtesses bergères et laitières. Si, au Hameau, on disait des choses tendres en buvant du lait ou en mangeant des œufs frais, on allait soupirer — de vrais soupirs — dans le bois de Sylvie.

Sous le règne de Louis de France, roi très chrétien, la luxure avait atteint son paroxysme; les intrigues galantes des femmes de la noblesse produisaient chaque jour des scandales nouveaux, mais ils n'étaient rien si on les compare aux attentats des pourvoyeurs du Parc-aux-

2

Cerfs... c'est au cerf... qu'il faudrait dire; ils
étaient imités par les voluptueux de la Cour;
pour eux, ces attentats infâmes n'étaient que des
aventures. Ils procédaient à l'exemple de Sa
Majesté Très Chrétienne, comme les châtelains
du moyen-âge, lorsqu'ils avaient arrêté leur
regard sur une de leurs vassales. L'assou-
vissement de leur désir ne pouvait avoir
d'obstacle.

Ces désordres d'un siècle corrompu ont soulevé
l'indignation de l'honnête et énergique Gilbert,
dont la plume a laissé couler ce torrent de fiel
poétique :

La fille d'un bourgeois a frappé sa grandeur.
Il jette le mouchoir à sa jeune pudeur !
Volez, et que cet or, de mes feux interprète,
Coure, avec ces bijoux, marchander sa défaite;
Qu'on la séduise. Il dit : ses eunuques discrets,
Philosophes abbés, philosophes valets,
Intriguent, sèment l'or, trompent les yeux d'un père.
Elle cède, on l'enlève : en vain gémit sa mère.
Echue à l'Opéra par un rapt solennel,
Sa honte la dérobe au pouvoir paternel.

Cependant une vierge, aussi sage que belle,
Un jour à ce sultan se montra plus rebelle.
Tout l'art des corrupteurs, auprès d'elle assidus,
Avait, pour le servir, fait des crimes perdus.
Pour son plaisir d'un soir que tout Paris périsse !
Voilà que dans la nuit, de ses fureurs complice,
Tandis que la beauté, victime de son choix,
Goûte un chaste sommeil, sous la garde des lois,

Il arme d'un flambeau ses mains incendiaires :
Il court, il livre au feu les toits héréditaires
Qui la voyaient braver son amour oppresseur,
Et l'emporte mourante en son char ravisseur.
Obscur, on l'eût flétri d'une mort légitime;
Il est puissant, les lois ont ignoré son crime.

La Cour fut la complice de ces saturnales; en les tolérant, elle amena la Révolution, sans vouloir entendre le bruit sinistre du flot qui montait... montait sans cesse et qui bientôt allait effrayer le monde.

Accroissement de la Ville.

Les nombreuses concessions que fit, à Chantilly, le Prince de Condé, de 1769 à 1785, permirent à la ville, qui venait de naître, de prendre une réelle importance. Il aliéna les terrains situés en face des réservoirs, entre la maison de M. Feuillet, dont le père avait été un des plus remarquables dessinateurs sur porcelaine de la manufacture de Sèvres, avant de venir à Chantilly, et celle de M. Jacquin, ancien notaire et ancien maire de Chantilly. Devant le bassin qui existe encore aujourd'hui, existait une place bordée d'arbres (1769).

Les maisons de la place du Marché qui portent les nos 18, 20 et 22, datent de cette époque. La grande épicerie de M. Rubé-Boquet était alors

établie; les bâtiments ont conservé le cachet de
leur ancienneté; deux autres propriétés restaurées ou recontruites n'ont plus rien de remarquable (1780), elles sont aujourd'hui les n°s 24
et 26 de la même place.

Seize portions de terrains retranchées des
potagers et du bois des Cascades, situées sur le
versant de la Nonette (canal de Manse), jusqu'à
la Grande-Rue, entre l'hôtel Quinquempoix et
ses dépendances, l'établissement de la machine
hydraulique furent également vendues (1781),
ainsi qu'une certaine quantité de bois et clos,
entre la rue de Paris et la rue Saint-Laurent, où
existaient déjà plusieurs maisons. Ils apparte-
naient à la famille Taffin, dont descend
Mme Gibson, femme de l'entraîneur.

La ville augmentait ainsi d'année en année.
Pour compléter la Grande-Rue, 1784 à 1785,
l'avenue plantée en 1769 et la place, en face le
réservoir et la maison Feuillet, furent supprimées. On ne conserva que l'emplacement nécessaire pour faire la rue de l'Abreuvoir et l'avenue
de Condé; l'espace compris entre la mairie et la
propriété de M. Régimbaut fut divisé en plusieurs lots et vendu à divers.

Au moment de la Révolution (1789), la Grande-
Rue de Chantilly qui, du château conduit à
l'hôpital, avait, à peu de chose près, l'aspect
qu'elle a aujourd'hui.

La route nationale ne fut construite qu'après la Révolution.

Le Prince de Bourbon émigra pour ne rentrer en France qu'en 1814.

Chantilly pendant la Révolution.

La demeure des Condé, pendant cette terrible époque, a été le foyer de bien des douleurs et le témoin de bien des larmes.

Le maire de la ville — Antheaume — fut la première victime désignée aux agents jacobins. Prévenu à temps, il put échapper et fuir à l'étranger.

Pigeau, meunier à La Chaussée de Gouvieux, accusé comme accapareur, fut poursuivi dans les rues de Chantilly par les révolutionnaires. Gravement blessé, il parvint cependant, par la fuite, à se dérober à leurs coups, mais, découvert dans la maison où il s'est réfugié, on s'empare de lui et après lui avoir fait subir les traitements les plus barbares, on le porte tout sanglant, pour le décapiter sur la margelle du puits de la place du marché, près de l'église. Le puits a été remplacé par une fontaine.

Sa tête fût ensuite portée en triomphe à travers la Grande-Rue.

Le château féodal, converti en prison, reçut tous les suspects arrêtés dans le département de

2.

l'Oise, du mois d'août 1793 au mois de juillet 1794 ; le nombre des prisonniers s'éleva à plus de mille. Sauf l'assassinat de Pigeau, victime de l'effervescence populaire, le département de l'Oise, plus heureux en cela que ceux qui l'entourent, n'a eu à déplorer la mort que d'un petit nombre de victimes, et les exécutions sanglantes qui l'ont spécialement affligé, ont eu lieu à Paris.

C'est que, il faut le reconnaître, les habitants du département sont honnêtes, laborieux et relativement aisés. La plupart du temps les folles déclamations des esprits remuants et tapageurs ont été calmées par le bon sens populaire (1).

Les bâtiments du château d'Enghien furent transformés en caserne.

Madame de Bohn raconte les fêtes de la déesse Raison qui eurent lieu le 15 octobre 1793. « Une « foule de paysans formaient le cortège ; des « jeunes filles vêtues de blanc, parées de rubans « tricolores, entouraient cette Raison dont le « costume et l'attitude dénotaient la bacchante « la plus éhontée.

---

(1) Peuchet et Chanlaire, dans leur description topographique et statistique de la France, publiée en 1809 : « Les habitants du département de l'Oise, disent-ils, sont en général, vifs, laborieux, industrieux, robustes, grands et bien faits ; leurs femmes sont belles et *assez ordinairement* dociles et sages. »

« Les tables d'une étendue démesurée et de
« nombreuses banquettes furent préparées sur la
« pelouse. Nous vîmes des femmes de la haute
« bourgeoisie, venues des villes voisines, s'y
« placer avec empressement, mangeant, chan-
« tant, dansant avec les soldats de l'armée révo-
« lutionnaire et tous les figurants du cortège. »

Des salves d'artillerie à poudre brisèrent et
firent voler en éclat les vitres du voisinage Les
prisonniers consignés dans leurs chambres cher-
chaient à se préserver de ce danger imaginaire,
en mettant des matelas contre les fenêtres. Un
capitaine de l'armée révolutionnaire ayant aperçu
à l'entresol une prisonnière, Madame Caron
(Charles-Philippe), dont le mari était cultivateur
d'une métairie à Vineuil, qui, effrayée d'un tel
vacarme, ne savait où fuir, tira sur elle deux
coups de pistolet et la blessa dangereusement.

Vers le soir, douze charrettes encombrées de
femmes, d'enfants, de vieillards, de religieuses
entrèrent dans la cour du château. Une joyeuse
musique militaire précédait ce convoi. Les soldats, les curieux, la foule parée de feuillages
formèrent des rondes autour des voitures et les
accompagnèrent jusque dans l'enceinte même de
la prison, dont les portes restèrent ouvertes.

Parmi les habitants de Chantilly qui furent
incarcérés dans le château, nous citerons :

Madame Antheaume.

Aubry aîné (François).

Aubry cadet.

Bagnall.

Bagnault, modeleur en porcelaine.

Madame Banse, née Marie-Anne Aubry.

Baudet et sa femme.

Bellet, huissier.

Blancpied (Louis), menuisier.

Blancpied dit Lasenne, concierge.

Blochet.

Bordier (Louis-Nicolas), vitrier.

Breteuil, roulier.

Brillois, chirurgien.

Connetable (Jean).

Cranque.

Dandigné (Joseph-François) de la Chasse, évêque de Châlon-sur-Saône.

Dandigné neveu.

Delanoy, perruquier.

Deleau, gendarme.

Dufresnoy (Adrien-Jean-Louis), ex-avocat.

Duquesnoy, ferblantier.

Duval, geôlier.

Escarotte, peintre.

Fouchet (Joseph), menuisier.

Freslon.

Geoffroy (Jean-Pierre).

Gisson et sa femme.

Gouverneur.

Hédouin, maçon, et son frère.

Jambon (Arthur).

Lalandelle, sa femme et sa fille.

Lantivy, sa femme et trois enfants.

Lebrasseur, dit Tumer.

Leriche, peintre.

Veuve Leroy.

Levasseur, piqueur.

Mailly, plombier.

Marchand, paveur.

Maréchal jeune, dit Cadet.

Marigny (Bernard), employé dans la marine à
Brest, sa femme et sa fille.

Madame Miller.

Moreau (Jacques-Antoine), cuisinier.

Moreau (Auguste), cuisinier.

Morin.

Mortel et sa fille religieuse.

Nanteuil, domestique.

Palle-Kallagan.

Patin, notaire.

Pejel, dit Lafrance, cuisinier.

Penon.

Pincebourg.

Pique (Jean-Baptiste).

Poter, manufacturier.

Pradine (Antoine-François-Joseph), ex-reli-
gieux.

Renaud (Marcel), tapissier.

Robinot, marchand de balais.

Rouard, curé constitutionnel.

Siméon, marchand de modes.

Sorelle (Simon), conducteur de charrois.

Thomas, maire de Chantilly.

Vendesseck (Mathieu).

Wonde, chimiste.

Les demoiselles Wud (Louise-Eulalie), (Louise-Amélie) et (Philiberte-Henriette).

Au total, 78 personnes de tous les sexes et de toutes les professions, depuis le domestique jusqu'au maire de la ville.

Le Comité de Salut public décida que le château serait mis à la disposition de la commission des secours publics, pour y établir un hôpital militaire.

Cet arrêté ne fut pas exécuté, mais le conseil du département ordonna la vente des bâtiments de Sylvie et de la Cabotière.

Quant au château d'Enghien, abandonné par l'armée révolutionnaire, lors du transfèrement des détenus dans d'autres maisons nationales, il fut converti en caserne, pour la 258ᵉ compagnie des vétérans nationaux.

La vente du grand château et celle du châtelet eurent lieu le 29 messidor an VII. Ils furent adjugés moyennant le prix de onze millions cent vingt trois mille livres à Henri-Amand Cartier fils, demeurant à Gisors, qui fit aussitôt une déclaration de command, au profit de Gérard Boulée, entrepreneur de bâtiments, demeurant à Compiègne, et de Damoye, demeurant à Paris, près la porte Antoine.

Aussitôt le prononcé de l'adjudication, les acquéreurs s'empressèrent de démolir le grand château pour tirer parti des matériaux de toute nature qui étaient entrés dans sa construction.

Le montant des adjudications se chiffrait alors en assignats, mais en réduisant le prix de onze millions cent vingt-trois mille livres en numéraire, il ne s'élevait réellement qu'à cent quinze mille livres environ.

Les démolisseurs en étaient arrivés aux fondations lorsqu'ils furent arrêtés dans leurs travaux ; le 3 octobre 1799, le Directoire exécutif rendit un arrêté qui confirmait purement et simplement la vente des grand et petit châteaux de Chantilly et de leurs dépendances, dont on avait contesté la validité à cause du vil prix auquel ils avaient été adjugés.

Boulée et Damoye, obligés à certaines conditions de paiement, ne les exécutèrent pas fidèlement à l'échéance des termes fixés par le cahier des charges. Il en résulta des poursuites qui furent dirigées contre eux et qui aboutirent à leur dépossession des immeubles vendus.

Réunion du Hameau des Fontaines
à la Ville.

Pendant ce temps Chantilly avait été érigé en commune et même en chef-lieu de canton (lois des 16 et 28 août 1790); les subdivisions de paroisse avaient été supprimées.

Des constructions s'élevaient alors dans la rue des Cascades, dans celle de la Machine et dans la Grande-Rue. Les propriétaires des maisons édifiées sur les emplacements concédés de 1726 à 1732 purent encore acquérir, sur la pelouse, lors de l'adjudication de messidor an VII, des terrains qu'ils convertirent en jardins, fermés par des grilles bordant l'avenue des Ecuries.

En 1805, une ancienne auberge, sise place de l'Hôpital, fut démolie pour construire une grande fabrique de porcelaine, qui a cessé de fonctionner vers 1864. Les bâtiments restés debout sont occupés aujourd'hui par des commerçants.

La ville de Chantilly se trouvait ainsi réunie au hameau des Fontaines.

Sous le gouvernement impérial, la forêt de Chantilly avait été donnée à la Reine Hortense, à titre de dotation; mais, au retour des Bourbons, elle fut restituée à son légitime propriétaire.

Retour des Bourbons.

Le 3 mai 1814, Louis XVIII fit son entrée solennelle à Paris, accompagné de la duchesse d'Angoulême, du duc de Berry et des princes de Condé.

Quand le duc de Bourbon revint à Chantilly, il fut remis en possession du foyer de ses pères; mais le château féodal, le hameau, le pavillon de Vénus (l'île d'Amour), les colonnades, les statues, les ornements, tout avait disparu, il ne restait plus que le châtelet.

L'empereur Alexandre, quelque temps après la rentrée des Bourbons, se rendit à Chantilly pour rendre visite au prince de Condé. Il faisait un temps affreux; les bâtiments étaient si délabrés que pour parcourir les salles et les galeries, il fallut s'abriter sous un parapluie.

Rousseau-Leroy nous apprend, dans son excellent livre : *Chantilly,* publié en 1859, que Louis-Joseph de Bourbon passa dans son Domaine les dernières années de sa vie, s'occupant de rendre à cette résidence son antique splendeur. Les alentours du château furent déblayés, les fossés et canaux nettoyés, la galerie des Batailles restaurée, les jardins cultivés.

L'architecte Dubois y traça de nouveaux parterres.

3

Le hameau fut rendu à sa destination primitive!

Son fils, LOUIS-HENRI-JOSEPH, le dernier des Condé, vécut retiré, se livrant à l'unique occupation de la chasse. Sa mère était la princesse Rohan-Soubise.

Il fit continuer les travaux commencés par son père.

S'il fit sommation de supprimer leurs prises d'eau à divers habitants de Chantilly qui, depuis le Grand Condé, avaient été autorisés à s'embrancher sur les tuyaux de la machine hydraulique, il établissait dans la ville plusieurs fontaines d'une utilité incontestable.

En agissant ainsi, le Prince avait-il eu l'intention de punir les habitants de Chantilly, signataires de la pétition déposée sur le bureau du président de l'Assemblée nationale le 7 janvier 1792? On trouve le passage suivant dans le procès-verbal de cette séance :

« On introduit à la barre une députation de « la garde nationale de Chantilly, qui, ne vou- « lant pas être confondue avec ce qu'on appelle « *les valets du prince de Condé,* adresse une « pétition pour que toutes les personnes inscrites « sur la liste des pensionnaires de M. Condé « soient exclues du tableau de la garde natio- « nale et ne puissent prétendre à être admises « aux places de la municipalité. »

On a peine aujourd'hui à comprendre une pareille délation et une semblable intolérance de la part de gens qui, presque tous, avaient profité par eux ou leurs ancêtres des libéralités des propriétaires du Domaine de Chantilly.

Nouvelle augmentation de la Ville.

La route nationale avait été créée et rectifiée ; elle passait dans la rue de Paris actuelle ; la poste aux chevaux existait en 1814 à l'endroit où se trouve actuellement l'établissement de M. le baron Schickler. Celui de M. Aumont est construit de l'autre côté de la route, sur les dépendances de la poste ; il date de 1860.

La gendarmerie était installée dans la maison de M. Gibson, qui venait d'être construite.

La belle propriété de M. Versepuy, derrière l'Hôpital, était créée, sans avoir cependant le jardin magnifique qui existe aujourd'hui. Le père de M. Versepuy avait acheté la maison et dépendances vers 1830.

Entre le château-gaillard et cette propriété existait la ruelle qui aboutit dans la rue des Fontaines. Elle conduit au parc de ce nom. Il n'y avait pas de maisons au-delà.

Louis-Antoine de Bourbon.

De son mariage avec la princesse Louise-Thérèse-Mathilde d'Orléans, est né Louis-Antoine de Bourbon, duc d'Enghien. Napoléon Ier le fit arrêter à Ettenheim, dans le duché de Bade, puis fusiller dans les fossés du donjon de Vincennes, le 21 mars 1804.

Le dernier des Condé, d'une nature indolente, est mort tragiquement à Saint-Leu-Taverny, dans la nuit du 27 août 1830, un mois après la Révolution qui renversait du trône la branche aînée des Bourbons, au profit de la branche cadette, dont le chef, Louis-Philippe Ier, duc d'Orléans, venait d'être proclamé Roi des Français.

Madame de Feuchères (Sophie Dawes), qui héritait de deux millions en numéraire, ainsi que des terres de Saint-Leu, Boissy, Mortefontaine, et d'un pavillon et dépendances dans le Palais Bourbon, avait été la maîtresse du dernier des Condé, avec lequel elle habitait à Saint-Leu.

Le corps de ce Prince fut trouvé suspendu à l'attache du haut de l'espagnolette de la fenêtre de sa chambre à coucher, au moyen d'un mouchoir de toile passé dans un autre mouchoir formant anneau autour du cou. Les portes par lesquelles on pouvait pénétrer dans la chambre étaient fermées à l'intérieur par des verrous.

DEUXIÈME PARTIE

Chantilly actuel.

Le Duc d'Aumale.

Henri-Eugène-Philippe-Louis d'Orléans, duc d'Aumale, comme légataire universel du dernier des Condé, dont il était le filleul et le petit-neveu, hérita du Domaine de Chantilly. Il avait alors huit ans, étant né à Paris le 16 janvier 1822.

Il fit ses études au collège Henri IV, sous la direction de Cuvillier-Fleury.

Après avoir reçu son instruction militaire au camp de Fontainebleau, il partait en Afrique pour faire l'apprentissage de la guerre, sous les ordres de son frère aîné — le duc d'Orléans — alors général de division, sous le commandement du général Vallée.

« Doué de brillantes facultés et d'un tempé-

« rament robuste, le duc d'Aumale, soldat en
« Algérie, écrivain dans l'exil, a défendu aussi
« vaillamment par la plume que par l'épée
« l'honneur de sa famille. »

La mort prématurée de sa femme, de ses fils,
ses vingt-quatre années d'exil — non méritées —
ont assurément donné à sa physionomie franche
et ouverte une teinte de mélancolie ; mais le
colonel qui commandait « Présentez armes ! »
en défilant à la tête de son régiment, devant le
Clos-Vougeot où rougissaient les pampres ver-
meilles, n'a rien perdu de sa verve gauloise ; il est
encore le Français caustique répondant à Naples
à l'ambassadeur de Napoléon III qui lui deman-
dait si sa santé était toujours bonne dans l'exil :
« Excellente, merci bien. Heureusement cela ne
se confisque pas. »

Voici les états de service du duc d'Aumale :

1840. Afrique. Cité à l'ordre de l'armée pour
avoir :

1° Chargé volontairement, le 27 avril, à la
tête du 1er régiment de chasseurs d'Afrique ;

2° Le 12 mai, donné son cheval au colonel
Guerwiler, démonté, et marché avec les grena-
diers du 23e à l'assaut du col de Mouzaïa.

1841. Afrique. Cité par le maréchal Bugeaud
pour la manière dont il a conduit sa troupe
(24e de ligne) aux combats des 3 et 4 avril, 3 et
5 mai.

1842. Afrique. Commande l'infanterie du maréchal Bugeaud dans une longue expédition de montagne.

1843. Afrique. Commande aux avant-postes pendant un rude hiver.

Janvier. Dissipe un rassemblement considérable sur le haut Chéliff.

Mars. Expédition sur les pentes du Jurjura et combats chez les Kabyles.

16 mai. Avec cinq cents chevaux, il attaque et prend la smalah d'Abd-el-Kader; enlève cinq drapeaux, fait des milliers de prisonniers, etc.

1844. Afrique. Conquête de Biskara et de Bélizma. Conduit en personne l'attaque de Mechonnech; a un cheval tué sous lui, en chargeant à la tête du 3e chasseurs, le 24 avril; état-major décimé, etc. Pacification de la province de Constantine.

1846. Afrique. Expédition dans l'Ouar-Sénis. Soumission des grandes tribus du Sud.

1847. Reçoit la soumission d'Abd-el-Kader. Pacification de l'Algérie.

C'est en qualité de gouverneur général de l'Algérie que M. le duc d'Aumale reçut cette soumission à Nemours, l'ancienne Djemaraa-Ghazaouah.

Il organisa l'Algérie qui fut divisée, comme la France, en départements et en communes.

Il s'occupait de préparer une expédition dans la Kabylie, qui était encore indépendante, lorsqu'éclata la révolution de 1848.

Le 5 mars il quittait l'Algérie, où il laissait de glorieux souvenirs, préférant suivre dans l'exil les membres de sa famille que de se lancer, à la tête de l'armée d'Afrique, qui lui était dévouée, dans des aventures qui pouvaient ensanglanter le sol français.

Le duc d'Aumale n'avait pas, en Afrique, oublié Chantilly ; il avait résolu de lui rendre son antique splendeur ; les événements, ainsi que nous le verrons plus loin, ne firent que retarder ses vastes projets.

Heureusement pour la ville de Chantilly, les courses de chevaux étaient fondées sous les auspices de la Société d'Encouragement patronnées par le duc d'Orléans et par M. le duc de Nemours, frères aînés de M. le duc d'Aumale.

Plusieurs établissements d'entraînement étaient venus s'y établir : le duc d'Orléans, le comte de Cambis, MM. Aumont, comte d'Hédouville, Rœderer, baron de Pontalba, Latache de Fay, furent les premiers propriétaires, qui, successivement, installèrent des écuries de courses à Chantilly.

Lord Seymour, puis le prince Marx de Beauvau, le baron N. de Rothschild étaient à La Morlaye ; les écuries Fasquel et Mosselmann se trouvaient à Courteuil et à Verberie ; M. Lupin faisait entraîner à Saint-Germain.

En 1837, un sieur Bertin, filateur à La Chaussée de Gouvieux (moulin Pigeau), faisait construire entre la route nationale et la pelouse une grande et belle usine. Elle fut démolie après 1870. Sur son emplacement se trouvent actuellement les écuries de courses de T. Hurst, celles du loueur de voitures Lesueur ; la petite maison contiguë était l'habitation du contre-maître de l'usine, elle a été conservée.

Vers 1845, les écuries de MM. H. Delamarre, vicomte Daru, puis celle de M. le baron de Schickler se fondaient à Chantilly ; après 1848, les établissements de MM. Lupin, de Rothschild, Reiset, Carter père, s'y portaient également.

A cette première époque des courses, on ne pouvait soupçonner qu'elles prendraient l'extension qu'elles ont acquises depuis ; à leur début, elles n'étaient qu'une distraction réservée à un public spécial, privilégié et riche, par conséquent très restreint, et les propriétaires qui faisaient courir n'avaient pas pour objectif l'argent des prix gagnés. Leur produit était insignifiant, eu égard aux énormes dépenses que nécessitaient l'élevage et l'entraînement. On faisait courir pour gagner ; les vainqueurs trouvaient alors les satisfactions d'amour-propre d'éleveur qu'ils recherchaient avant tout.

3.

Les établissements d'entraînement créés dans la ville, les courses qui avaient lieu sur la pelouse alimentaient le commerce, qui continuait de prospérer.

Les courses à Chantilly étaient l'occasion d'un déplacement plein d'attraits.

On faisait un véritable voyage, il durait dix jours. Pendant ce temps la ville des Condé devenait le rendez-vous de la haute fashion parisienne et de la jeunesse dorée. On y louait des maisons, des appartements un mois à l'avance. C'était pour les habitants de ce Newmarket français l'occasion d'une riche moisson qu'ils regrettent toujours.

Pendant ce laps de temps, les fêtes s'y succédaient sans interruption. Jusqu'en 1848 les princes y organisaient, chaque année, une grande chasse à courre, avec curée aux flambeaux, soit dans la grande cour du château, soit sur la pelouse, devant les Ecuries monumentales.

Chantilly était dans l'allégresse. Chaque soir, on s'y livrait des batailles, à coups de feux d'artifices. On faisait le siège en règle des maisons, Par ci, par là, il y avait bien quelque commencement d'incendie, des rideaux brûlés, des meubles brisés ; mais on ajoutait les dégâts à la carte à payer et tout finissait bien.

Après l'exil du Prince, les courses continuèrent à prospérer ; la mode n'abandonna pas Chantilly.

Le 22 janvier 1852, Louis-Napoléon rendit un décret qui forçait les membres de la famille d'Orléans à vendre tous leurs biens. Le Domaine devint la propriété de deux banquiers, M. Marjoribanks et sir Antrobus; il fut alors loué à lord Cowley, ambassadeur d'Angleterre.

En 1859, sous l'Empire, après la construction de la nouvelle ligne de Creil à Paris, par Chantilly, le territoire de cette dernière ville fut considérablement augmenté, au détriment de celui de Gouvieux. La nouvelle ligne sert aujourd'hui de délimination aux deux communes. Le chemin de fer du Nord mit fin aux réjouissances de Chantilly. La facilité de s'y transporter et de rentrer à Paris amena un public plus nombreux, mais d'une autre nature.

Ce chemin de fer isolait de la forêt le bois des Aigles, appartenant en partie au Domaine de Chantilly.

Une haine jalouse n'a pas été étrangère à l'adoption du tracé de la ligne de Creil à Paris, par Chantilly. Il coupait en deux la forêt de Chantilly et celle de Coye dépendant du Domaine; il rendait impossible les chasses légendaires des propriétaires ou de leurs représentants. La mesquine rancune de Napoléon III a cependant profité à la ville qui, depuis le chemin de fer, n'a pas cessé de croître en importance.

L'Empereur n'est venu qu'une seule fois à

Chantilly; il comprit par la réception froide qui lui fut faite que sa place n'était pas dans la tribune de celui qu'il avait proscrit et dépossédé.

Dans le but de contribuer à l'extension de la ville, ainsi qu'à sa prospérité, MM. Marjoribanks et sir Antrobus, avec l'agrément de M. le duc d'Aumâle, consentirent à vendre une assez grande quantité de terrain, située aux abords de la gare, faisant suite aux bois Bourillon. C'est là que se trouvent actuellement les propriétés de Madame la baronne de Saint-Didier, de MM. le comte de Berteux, vicomte d'Hédouville, Fouchard et le Temple anglican, ainsi que les hôtels et maisons de la place de la gare, sur Chantilly; la propriété de M. Dupray, dits les Moulins de Chantilly, celles de MM. de Villamil, Ephrussi, Delattre, Lupin, prince de Joinville, les écuries d'entraînement de T. Carter (Plaisanterie) et celle de son frère W. Carter sont, avec plusieurs autres maisons, de l'autre côté de la gare, sur Gouvieux.

A cette même époque, le parc des Fontaines, acheté par l'administration du chemin de fer, a été morcelé pour être vendu par lots.

Il a formé en grande partie le parc de Madame veuve James de Rothschild, la propriété de M. le vicomte d'Hédouville, celles de M. Perpette, les écuries d'entraînement de M. le baron de Rothschild, de Richard Carter et de Stern, la cité et la blanchisserie Faligon, sur Gouvieux. Dans la rue des Jardins, celles de MM. Tardieu, Viellard, Deletaille, Péraut, Paillard et les écuries de courses d'Edouard Bartholomew; dans la rue du Viaduc, la charmante propriété qui a conservé le nom de parc des Fontaines. Vendue à M. Coindet, docteur, elle appartient aujourd'hui à sa veuve. (Voir plus loin *Parc des Fontaines*, p. 121).

Ces deux rues sont sur Chantilly depuis 1859.

En 1870-1871, lors de l'invasion, Chantilly n'a pas été privilégié. Le pont sur l'Oise, près Creil, avait été détruit. Par le chemin de fer de Senlis et Crépy, qui venait d'être mis en circulation, Chantilly se trouvait sur la ligne directe de Paris à Berlin ; il est de plus à 40 minutes de Pierrefitte, près Saint-Denis, où se tenait un corps d'armée, assiégeant Paris. Cette position favorable pour nos ennemis, valut à Chantilly le douloureux honneur d'avoir, pendant tout le temps de l'invasion, 370 jours, du 15 septembre 1870 au 20 septembre 1871, trois états-majors prussiens. Celui du duc de Mecklembourg avait établi son quartier général au châtelet; un autre était chez M. le comte de Berteux, et le troisième dans l'établissement de M. Delamarre.

La commandature se trouvait à la gare.

Les ressources de la commune étaient épuisées, celles des particuliers étaient insuffisantes pour satisfaire aux exigences insatiables de nos vainqueurs ; c'est par centaines de mille qu'il faudrait calculer le nombre de soldats prussiens qui a passé et résidé à Chantilly, pendant l'invasion. Sauf les propriétés de M. le baron Schickler et de M. Paul Aumont, qui ont été saccagées, les autres ont eu peu à souffrir. MM. Petit, maire, Dessaux, curé, Ambroise Letellier, Havy, Maurice Yves, Cauvet, Delafargue furent envoyés en ôtage en Prusse.

En 1870, M. le duc d'Aumale avait écrit au ministre de la guerre pour lui demander du service dans l'armée française. Il ne reçut pas de réponse. Le 8 février 1871, le département de l'Oise le nomma député à l'Assemblée nationale par 55.222 voix. Mais il ne vint siéger qu'après l'abrogation du décret de bannissement, voté en 1872, sous la présidence de M. Thiers.

A la fin de 1871, il avait été élu membre de l'Académie française, en remplacement de M. de Montalembert, et, en mars 1872, il fut mis en activité de service, comme général de division. En cette qualité, il organisa le 7e corps d'armée, fit partie du conseil supérieur de défense et présida avec une remarquable compétence et une haute autorité les débats du conseil de guerre chargé de juger Bazaine.

Sous la direction de M. H. Daumet, architecte

et membre de l'Institut, les projets de reconstruction du château, arrêtés depuis vingt ans, furent réalisés. Cet architecte se trouvait en présence d'un problème difficile à résoudre ; il consistait à édifier un nouveau château sur le périmètre bizarre de celui des Bouteillers, comtes de Senlis. Il fallait tenir compte de l'emplacement des grosses tours, des angles, des poternes et ponts-levis. Les soubassements anciens, qu'on appelait jadis *la Bouche de M. le Prince,* existaient encore ; les souterrains, le roc commandaient la forme de la partie supérieure du nouveau château. Toutes ces difficultés ont été résolues et les visiteurs d'aujourd'hui comparent le château de Chantilly à celui d'une fée d'où ils ne seraient pas surpris de voir partir des oiseaux bleus ou des princes charmants et de belles marquises aux éblouissantes toilettes.

La ville doit à la libéralité de M. le duc d'Aumale, son cimetière, son jeu d'arc, les constructions nouvelles de l'Hospice de Condé, dont le nombre de lits a été augmenté, l'emplacement des abattoirs, celui de l'usine à gaz (si les produits n'ont pas le pouvoir éclairant suffisant, si la ville distribue le gaz avec parcimonie, s'il coûte trop cher aux habitants, la faute en revient à l'administration municipale de 1873, qui a eu le tort de consentir au concessionnaire des conditions trop léonines). Nous ne comptons

pas les dons de toute nature que le Prince fait
sans cesse dans le but d'aider à la prospérité de
la ville, non plus que les 20.000 fr. qu'il a offerts
à la municipalité pour acheter le bâtiment où est
installé la mairie. Pour les pauvres de la ville,
ses largesses discrètes n'ont pas de bornes.
Madame Berthe de Clinchant, qui fut la dame
d'honneur et l'amie dévouée de la duchesse
d'Aumale, est l'intendante des bonnes œuvres
du Prince.

Il a, de plus, favorisé l'institution des courses,
source inépuisable de richesse pour le pays, en
permettant à la Société d'Encouragement de faire
courir sur la pelouse. Il y avait fait élever des
tribunes inaugurées en 1848, alors que pour la
première fois, le Prince partait pour l'exil. Démolies en 1882, comme insuffisantes, elles ont
été remplacées par les tribunes monumentales
actuelles, construites sous la direction de M. H.
Daumet, sur une longueur de plus de 100 mètres
et sur une élévation de 30 mètres environ. La
partie centrale est surmontée d'un amphithéâtre.
Du haut des tribunes on aperçoit, en face, les bois
de la basse et haute Pommeraie, le parc de Chantilly, un peu à droite, la butte d'Aumont et celle
de Saint-Christophe-en-Halatte, qu'on reconnaît
au loin, au-dessus du château et du parc. L'élégant
clocher de Senlis apparaît à l'est, tandis qu'à
l'ouest la vue se perd dans les plaines du camp

de César et de Saint-Leu. Le soir on distingue du haut de ce monument, qui domine toute la contrée, les lumières du phare de la tour Eiffel.

En 1882, le duc d'Aumale autorisait la Société d'Encouragement à agrandir la pelouse pour y créer des pistes droites ; à cet effet, il faisait défricher le bois Bourillon. En 1883, sur la partie de terrains qui longe le canal de Manse et qui avait été vendue en 1805, une rue nouvelle, celle de Paul Souchier, a été ouverte. Un temple protestant, des écuries d'entraînement, des petits hôtels ont été construits, ainsi qu'un orphelinat doté par M. Souchier, ancien maire de la ville.

Au début des courses (1833), on cédait, au nom du Prince, la magnifique route du Connétable pour servir à l'entraînement des chevaux ; puis, au fur et à mesure des besoins, le duc d'Aumale aliénait, pour le même usage, les quatre routes qui aboutissent à la Table, ainsi que le layon Toudouze ;

La route Milliard qui commence à la gare, en face le passage à niveau, au-dessus de celle des Aigles, sur la route nationale ;

Celle qui est la continuation de la route Milliard et qui, de la Table, va rejoindre La Thève, près le village de Pontarmé, dont elle emprunte le nom. (Ces deux routes ont, ensemble, une longueur de plus de 6.000 mètres) ;

Celle des Bruyères, qui mène à la route du Chêne-Pouilleux.

Bien d'autres routes, en forêt, sont encore
fréquentées par les entraîneurs, mais les chevaux n'y vont qu'au pas ; ce sont celles qui
aboutissent aux carrefours du Connétable et du
Petit-Couvert.

Nous ne comprenons pas les allées de la forêt
du Lys, dépendant, ainsi que celle de Coye, du
Domaine, non plus que les terrains particuliers
aménagés pour l'usage personnel de certains
propriétaires et à leurs frais. Ils sont situés sur
les communes voisines : Apremont, Vineuil,
Avilly, La Morlaye et Gouvieux.

Les nombreuses facilités accordées pour aider
au travail des chevaux ont amené à Chantilly,
La Morlaye et Gouvieux, presque toutes les
importantes et sérieuses écuries d'entraînement,
qui ont ainsi profité des avantages que le duc
d'Aumale a concédés à Chantilly. Lorsque les
écuries n'ont plus trouvé d'emplacement pour
s'établir, le Prince, à trois reprises différentes,
1859, 1882 et 1890, a concédé de nombreux
terrains pris sur sa forêt ; une grande partie des
établissements, récemment construits, se trouvent sur le territoire de Gouvieux.

En favorisant ainsi l'entraînement, le Prince
a non-seulement enrichi Chantilly et les communes voisines, mais il a aidé, de plus, l'institution de la Société d'Encouragement, qui a doté
le pays d'une industrie nouvelle. N'est-ce pas
cette Société qui, sans qu'il en coûte à l'Etat, a

progressivement amélioré nos races de chevaux ?
Autrefois, la France était tributaire de l'étranger ; elle produit aujourd'hui, en quantité plus
que suffisante, les chevaux nécessaires à sa
remonte de cavalerie, et elle exporte, de plus,
ses produits dans les deux mondes, pour une
valeur considérable.

En 1883, le Gouvernement de la République
fit sortir le duc d'Aumale des cadres de l'armée,
puis il le rayait en juillet 1886. Le duc
d'Aumale écrivit alors à M. Grévy, président de
la République, qui avait pris la responsabilité de
cet acte, une lettre digne et fière où il ne ménageait pas son indignation.

A la suite de cette lettre, le duc d'Aumale fut
exilé, pour la seconde fois, en vertu d'un décret
du ministre de la guerre, signé général Boulanger.

Le 25 novembre 1844, M. le duc d'Aumale
s'était marié avec Marie-Caroline-Auguste de
Bourbon, fille de Léopold, prince de Salerne, et
de Marie-Clémentine, archiduchesse d'Autriche.

« La duchesse d'Aumale était une âme saine,
« un cœur droit, un esprit sensé et cultivé. Le
« duc d'Aumale était son guide ; elle voyait par
« les yeux du prince. Elle épousait ses idées,
« ses amitiés, sa passion de gloire militaire, ses
« goûts et ses sentiments si énergiquement
« français. »

De ce mariage :

Le prince de Condé, né à Saint-Cloud, le 15 novembre 1845, décédé à Sydney (Australie), le 24 mai 1866;

Le duc de Guise, né à Twickenham, le 5 janvier 1854, décédé à Chantilly, le 25 juillet 1872.

« La duchesse, qui s'associa, en France, en « Afrique, en Angleterre, avec une tendresse « infinie, aux travaux, aux épreuves, à l'exil de « son mari, est décédée à Twickenham, le 6 dé- « cembre 1869, à l'âge de 47 ans. »

Les corps, ramenés en France, reposent aujourd'hui à Dreux, dans le tombeau de la famille.

Le second décret d'exil avait ramené le Prince, au déclin de la vie, dans le paisible cottage de Wood-Norton, près d'Evesham, dans le Worcestershire (Angleterre).

C'est pendant ce cruel exil que le duc d'Aumale fit à l'Institut la donation suivante :

Donation du duc d'Aumale.

Veuf et sans enfants, M. le duc d'Aumale, en 1886, a fait donation, à l'Institut de France, du Domaine de Chantilly et des magnifiques collections que renferme le château, en se réservant toutefois l'usufruit « *non pas pour jouir, le cas échéant, de l'usage et de l'habitation, mais*

*pour terminer certaines parties encore ina-
chevées de l'œuvre par lui entreprise* ».

Cette donation, reçue par Mes Fontana et son
collègue, notaires à Paris, le 25 octobre 1886, en
présence de MM. Bocher, Denormandie et Rousse,
est écrite sur un parchemin richement relié.

La donation est faite à la charge, par l'Institut
de France, de conserver à perpétuité au Domaine
entier et aux collections qu'il renferme leur
caractère et leur destination, et spécialement de
n'apporter aucun changement dans l'architecture extérieure ou intérieure du château, des
pavillons d'Enghien et de Sylvie, du jeu de
paume et des trois petites chapelles ; de conserver à la chapelle du château sa destination, de
veiller sur le dépôt des cœurs des Condé qui y
sont recueillis.

De conserver le caractère et la destination des
parcs, jardins, canaux et rivières, ainsi que la
distribution générale des forêt, étangs et fontaines.

Et en outre, cette donation a été faite à
la charge de servir aux départements, communes, paroisses et établissements ci-après désignés, les sommes suivantes, *comprises dans
les dispositions testamentaires* du donateur,
savoir :

A l'Hospice de Condé, à Chantilly, une rente
annuelle et perpétuelle de 15.000 fr. que ledit

hospice emploiera dans les termes et selon l'esprit de sa fondation. Le donateur ne pouvait trouver un meilleur moyen d'exprimer aux habitants de Chantilly et des communes voisines, la gratitude des sentiments qu'ils lui ont toujours témoignés.

Au département de l'Oise qui, en 1871, a rouvert au donateur les portes de la patrie, et, depuis lors, l'a constamment maintenu à la présidence de son Conseil général jusqu'à la loi du 22 juin 1886, une rente annuelle et perpétuelle de 10.000 fr. qui sera portée au budget départemental et sous des conditions déterminées dans ladite donation et entr'autres : D. au sous-chapitre 15, art. 3, une somme de 2.500 fr. pour l'entretien, dans un ou plusieurs lycées ou collèges, de bourses, au profit d'enfants présentés par la commune de Chantilly ; E. celle de 1.000 fr. pour distribution de prix dans les écoles communales.

L'Institut de France, après avoir acquitté les diverses charges énoncées en l'acte de donation, devra employer l'excédent des revenus et l'intérêt des capitaux provenant des aliénations qui auront pu être faites dans des limites déterminées.

La valeur du don fait à l'Institut de France, ou plutôt à la France, est de 40 à 50 millions ; quant au revenu, il aura atteint son niveau normal en

1934, lorsque la charge annuelle de 204.000 fr.
à payer au Crédit foncier sera éteinte. Il sera de
600.000 fr. environ.

Le musée Condé, les parcs et jardins devront
être ouverts deux fois par semaine aux visiteurs.

Retour du duc d'Aumale.

Le décret d'exil fut annulé l'année suivante.
A son arrivée à Chantilly, le 17 mars 1889, le
duc d'Aumale était reçu par les habitants avec
un véritable enthousiasme. Désireux, de plus,
de témoigner au Prince leur profonde estime,
ces derniers, d'un mouvement spontané, réso-
lurent de lui offrir un souvenir de cet heureux
retour. Une souscription, où l'offrande devait
être de dix centimes à un franc, fut ouverte ;
tous les habitants — ceux de Chantilly seulement furent admis à y souscrire — s'empressèrent d'apporter leur modeste obole.

M. Patey, graveur, lauréat du prix de Rome,
fut chargé d'exécuter une médaille en argent.
Elle fut offerte au Prince, l'année suivante, avec
un magnifique manuscrit sur parchemin contenant par ordre alphabétique le nom de tous les
souscripteurs.

L'heureuse conception allégorique de cette
médaille, ainsi que le fini de son exécution, en

font une admirable œuvre d'art. Si elle fait le plus grand honneur à l'artiste qui l'a créée, la pensée, nous dirons presque filiale, qui l'a dictée, honore les habitants de Chantilly.

Société d'Encouragement.

Nous avons, au cours de notre ouvrage, plusieurs fois parlé de la Société d'Encouragement.

Elle s'est fondée à Paris, en 1833, sous le nom de Jockey-Club. Cette institution, en prospérant, a donné un essor imprévu à la ville. C'est par l'entremise de cette Société que M. le duc d'Aumale a concédé sa pelouse, ses allées d'entraînement. De là la prospérité de la commune. Chantilly a été le berceau des courses en France.

En 1887, la Société d'Encouragement, toujours prévoyante, a acquis le bois des Aigles, appartenant, pour une partie au Domaine et pour le surplus à des habitants de Gouvieux ; quoiqu'il arrive maintenant, l'industrie chevaline est toujours certaine de prospérer à Chantilly, grâce à la sage précaution de la Société d'Encouragement ; que M. le duc d'Aumale reprenne la libre jouissance des routes des Vieilles-Garennes, des Bruyères et de Pontarmé, les entraîneurs trouveront une large compensation dans les allées de La Morlaye, de Gouvieux et dans les grandes et petites pistes rondes créées sur le terrain des Aigles.

La Société a fait d'abord tracer des allées sur ce nouveau champ d'entraînement, en transformant complètement son sol ; en 1889, elle y a construit une maison de garde, des écuries, des remises pour y loger ses chevaux de service, ainsi que les voitures et ustensiles nécessaires à l'entretien des terrains dont elle a la charge.

Le bois des Aigles — qui redeviendra bientôt la plaine des Aigles, comme autrefois, par suite du défrichement presque complet qu'on y opère en ce moment — contient environ 250 hectares d'un seul tenant ; il est limité par la route nationale, le chemin des Vaches et celui des Aigles ; il forme un vaste hippodrome dépendant de la commune de Gouvieux, à proximité de La Morlaye et près de Chantilly.

Qui n'a pas ses détracteurs? Aujourd'hui, on se croit autorisé à parler de tout d'une façon pertinente et à donner des conseils à tout le monde. Cette manière n'est souvent que spécieuse et vide, elle prouve seulement que ceux qui l'emploient, critiquent par intérêt, par métier ou par mauvaise humeur. Au lieu de déblayer la route, elle l'entrave.

Dans un journal très populaire, d'ordinaire, nous nous empressons de le reconnaître, parfaitement rédigé, exactement renseigné, nous n'avons pas été peu surpris de lire un article très violent contre la Société d'Encouragement : « *La seule, la vraie, celle qui n'est pas au coin du bois* ».

Ce journal, ajoutons-le, combat le plus souvent pour la bonne cause, aussi est-il très répandu. Mais on n'est pas tous les jours bien inspiré.

Il trouve que Chantilly est démodé, et au nom de tous les gens compétents, dit-il, — nous serions curieux de connaître ses mandants, — il demande la suppression de cet hippodrome pour ne conserver qu'un *brelan* de champs de courses qui suffiraient à alimenter le sport parisien. Suivant le signataire de cet article, on ne devrait autoriser que Longchamps et Auteuil, aux portes de Paris..... Vincennes, — voilà certes une idée qui ne serait venu à personne — et Maisons-Laffitte.

Qu'on continue à faire à Vincennes des courses en char ou en voiture, des courses à cheval, des courses au trot et au galop, des steeples-chases, des courses de haies ; qu'on y offre des prix aux gentlemen, aux jockeys, aux officiers et aux sous-officiers ; qu'on réserve, si on veut, des jours pour tous autres exercices, concours de pompes à incendie, de gymnastique, de tir ; qu'on y exhibe même des Peaux-Rouges, nous ne nous en plaindrions pas; mais c'est commettre une hérésie sportive que de préférer le plus mauvais de nos hippodromes à celui de Chantilly; et nous pouvons ajouter que les personnes au nom desquelles parle le journal nous paraissent bien plus aptes à régler un coup douteux de bouillotte qu'à donner des conseils sur une question de courses.

Les soins que les commissaires de la Société d'Encouragement ont donnés depuis plus de cinquante années aux pistes de la pelouse de Chantilly les ont rendues accessibles en tout temps, parce qu'elles sont toujours recouvertes d'un épais gazon qui permet aux chevaux d'y courir sans danger.

Ce tapis de verdure, lorsque les chevaux galopent d'un train rapide, garantit leurs pieds contre la dureté inévitable d'une terre desséchée par un soleil brûlant de plusieurs jours; le sol ne se crevasse pas, comme partout ailleurs, parce que sa nature spongieuse s'y oppose. S'il vient à pleuvoir, il ne s'altère presque pas, tant est rapide l'absorption de l'eau; aussi les propriétaires, les entraîneurs, autorisés en cas de mauvais temps, lorsque les routes d'entraînement deviennent impraticables, à faire travailler leurs chevaux sur la pelouse, trouvent-ils à Chantilly des facilités qui ne se rencontrent pas ailleurs.

Laissons donc à Vincennes les fossés de son

donjon, et à Chantilly, qui s'est classé définitivement comme le principal centre d'entraînement,
en France, ses courses, ses terrains, ses écuries
et sa pelouse.

Est-il possible d'accorder la moindre confiance,
en matières de courses bien entendu, à l'auteur
de l'article dont nous nous occupons ?

N'est-ce pas ce même journal, malgré la compétence qu'il s'attribue, qui critiquait le nom de
Royal-Oak donné à une épreuve qui se dispute
à Longchamps à la réunion d'automne.

Gros-Jean aussi, voulait en remontrer à son
curé.

Le nom de Royal-Oak est en effet celui d'une
propriété de Lord Derby, mais il est en même
temps, nul sportman ne doit l'ignorer, celui d'un
étalon célèbre, un des meilleurs reproducteur de
notre race pure. Il a fait souche, en France.
Importé en 1833, par Lord Seymour, il fut cédé
dix ans plus tard à l'Administration des Haras.
Royal-Oak est le père de Poetess, de Surprise,
de Sérénade, qui ont produit Monarque, Sornette,
Tonnerre des Indes et tant d'autres illustrations
du turf.

Voilà pourquoi la Société d'Encouragement a
donné le nom de Royal-Oak à cette épreuve.

Mais on ne peut tout savoir !

Nul écrivain de sport, jusqu'à présent, n'a
songé à attaquer l'esprit ni les actes de la Société

d'Encouragement. On a demandé qu'elle tienne compte de la transformation qui s'était opérée dans nos mœurs sportives ; elle n'a peut-être pas été assez vite, au gré des impatients; mais tous, sans exception, ont reconnu qu'elle n'avait pas menti à son titre : « *Elle a vraiment encouragé* « *la production; elle a puissamment contribué* « *à l'amélioration de la race; elle a multiplié* « *le nombre des étalons de sang pur qui ser-* « *vent en dehors des luttes du sport à la* « *reproduction de nos chevaux d'armes, de* « *selle et d'attelage. C'est grâce à une persé-* « *vérance obstinée que les attaques* » mal fondées « *n'ont point lassée et que le succès n'a* « *pas endormie, à un désintéressement absolu* « *qui la laissait exposée, au début, à tous les* « *risques d'une entreprise dont elle abandon-* « *nait, sans réserves, tous les bénéfices possi-* « *bles, qu'elle a obtenu ces résultats, remplis* « *de promesses plus grandes pour l'avenir.* « *Ce passé glorieux impose à tout esprit im-* « *partial le respect le plus sincère pour les* « *hommes qui ont dirigé les destinées de la* « *Société et le désir de les voir toujours à la* « *tête de leur œuvre.* » (Alex. Thuasne, supp^t du *Jockey*, 10 octobre 1884.)

Une campagne a cependant été entreprise contre cette Société. On voudrait obtenir que la ville de Paris mette en adjudication ses hippo-

dromes : Longchamps aujourd'hui ? Des bailleurs
de fonds — des étrangers principalement —
voudraient bien manger les fruits que les efforts
désintéressés de la Société ont fait mûrir. On
espère tromper la religion des membres du
Conseil municipal de Paris, en faisant miroiter,
pour la ville, des avantages fictifs.

Les courses fondées par la Société d'Encouragement sont la cause unique de la prospérité
sans cesse croissante de notre élevage. Nul ne
saurait démentir cette assertion.

Le moment serait donc bien mal choisi pour
détruire ce qui a si bien réussi jusqu'à présent.

Les lois les plus utiles, les plus sages et les
seules efficaces ne sont-elles pas celles qui con-
sacrent les progrès accomplis ? Pour quel motif,
retirerait-on, alors, aujourd'hui les privilèges
accordés à la Société d'Encouragement ? Fera-
t-on mieux ? Qui oserait le prétendre ?

Chacun sait que la remise, entre les mains
d'une Société de spéculation, des intérêts de l'élevage, serait une faute irréparable. Elle amènerait
la ruine de notre industrie chevaline, en même
temps elle serait un désastre pour le commerce
parisien. Cette Société ne saurait naître que
d'une combinaison financière quelconque, dans
le genre des Compagnies de chemins de fer ; le
bénéfice à réaliser serait son seul objectif.

Les réunions des courses de province, déjà

trop délaissées, auraient bientôt le sort des bouillottes des wagons de 2ᵉ et 3ᵉ classes, on ne trouverait pas le moyen de les alimenter.

Est-ce que la sincérité des épreuves, et la moralité des transactions auraient à y gagner? Bien au contraire.

Pour rendre les spectacles plus intéressants, on affecterait des sommes importantes à donner en prix aux médiocrités, aux fruits secs du turf; — les champs seraient plus nombreux, — mais ce ne sont pas là des encouragements qui stimulent le zèle des éleveurs. On ne tiendra plus à la qualité des produits, mais à la quantité. Le principal deviendra l'accessoire. Les courses ne seront plus faites pour les chevaux, mais pour les joueurs. Est-ce ainsi qu'on arrivera à restreindre le jeu sur les courses?

Il est absolument rationnel que le Conseil municipal de Paris exige, pour ses hippodromes, un loyer plus considérable aujourd'hui, qu'en 1856, en raison de la faveur publique que les courses obtiennent. La Société ne saurait refuser une augmentation sagement mesurée, mais en acceptant les offres intéressées qui lui sont faites de louer ses terrains au plus offrant et dernier enchérisseur, la ville de Paris s'exposerait à des regrets certains. Nous avons trop confiance au zèle éclairé, au patriotisme des conseillers municipaux pour supposer qu'ils accepteront, sans

les examiner sérieusement, les projets mirifiques
qui leur sont soumis. Cet examen ne peut con-
clure qu'à un rejet.

Le jour où, comme le demandent certains journaux, l'action administrative viendrait à s'exercer
dans toute son omnipotence dans la règlemen-
tation des courses, leur prospérité ne saurait
que décroître ; le passé répond de l'avenir ; le
seul concours que les gouvernements puissent
utilement apporter au progrès consiste à éviter
les lois qui en entravent le cours normal, et non
pas à abroger celles qui ont produit des résultats
satisfaisants et même inespérés.

Chantilly actuel.

En 1889, les écuries de M. le comte Le Marois,
dans la rue de Paris, ont été terminées. C'est le
plus vaste et en même temps le plus luxueux des
établissements d'entraînement de Chantilly.

En 1890, M. le duc d'Aumale aliénait encore
presque toutes les parties de bois, dont il était
propriétaire dans le bois des Aigles, de l'autre
côté de la route nationale jusqu'au chemin
de fer.

Déjà des constructions s'y élèvent, M. le baron
de Soubeyran y a un vaste établissement d'entraînement dont l'entrée se trouve juste en face

celle de la plaine des Aigles. Il forme un vaste
carré entouré de bâtiments en briques rouges, à
usage d'écuries ; quant à la maison d'habitation
à deux étages, également en briques, on la désigne déjà sous le nom de la Mal-Tournée.

Toutes ces constructions sont sans doute
économiques, mais du plus facheux effet. Elles
ressemblent à une grande usine et dépendances
d'une de nos villes manufacturières du Nord.

MM. Weaver et Bridgeland y ont aussi édifié
des pavillons mitoyens, avec des écuries et remises. M. Th. Carter père, qui a déjà, un des premiers, fait construire un petit hôtel dans la rue
des Cascades, a bâti, près la route des Houys, un
chalet destiné à devenir un rendez-vous de
chasse.

D'autres acheteurs, MM. Leroy, Destors,
Leduc, etc., etc., construiront à leur tour, et
lorsque la mauvaise route pavée de La Morlaye
sera remplacée par celle en cailloutis, qu'on est
en train d'empierrer, en y ménageant des trottoirs
qui seront bordés d'arbres, un magnifique boulevard sera créé de Chantilly à La Morlaye.

Telle est aujourd'hui la situation du Domaine
et de la ville de Chantilly. L'étendue du Domaine
a diminué au fur et à mesure que la ville a grandi
et prospéré. Le Prince cependant a fait quelques
acquisitions pour arriver à clore le parc qui était
grevé de plusieurs servitudes de passage. De plus,

en achetant quelques parcelles de terrain, il l'a augmenté et a annexé au parc la prairie qui longe le grand canal. Le nouveau château, Renaissance, que M. le duc d'Aumale a fait construire, s'harmonise très heureusement avec le châtelet. Il remplace, dans un style bien plus élégant, l'ancien château féodal détruit par la Révolution.

Si la ville est née et a pris une certaine extension sous les princes de la maison de Condé, c'est à partir de 1833, pour les causes que nous avons énumérées, qu'elle est devenue florissante. Chantilly avait à cette première époque 1.800 habitants, ils sont aujourd'hui plus de 5.000, sans compter ceux qui se trouvent sur Gouvieux, et qui se disent habitants de Chantilly ; le budget de la ville, qui était cette époque de cinq mille francs, dépasse cent mille francs en 1891; la colonie anglaise comporte environ 1.400 membres, un par cheval à peu près.

Nous avons déjà donné quelques descriptions; elles étaient nécessaires à l'intelligence de notre récit. Il nous reste à faire connaître à nos lecteurs les monuments de Chantilly, ainsi que ceux qui sont à visiter dans les environs.

TROISIÈME PARTIE

Monuments et Environs.

La Pelouse.

La pelouse contient 51 hectares, l'hippodrome n'a pas plus de 2.200 mètres de circonférence, mais elle n'en occupe que la moitié, environ, de la superficie.

Dans son ensemble elle est encadrée : au sud, par la forêt ; à l'est, par les bois de Sylvie, le château et le parc ; au nord, par les grandes Ecuries, les maisons de forme régulière avec jardin sur l'avenue des Ecuries, par la rue d'Aumale ; à l'ouest, par le boulevard du même nom fermé par des barrières.

Le réservoir est presqu'en face, et un peu à gauche des tribunes.

En 1834, MM. le comte d'Hédouville et Fasquel,

de Courteuil, tracèrent la première piste de l'hippodrome; le parcours de 2.400 mètres commençait en haut de la montée. La piste droite de 800 mètres partait du gros chêne, au nord du bois Bourillon, au bout de la propriété de M. Aumont.

En 1882, cette petite piste a été abandonnée et, en reculant, vers la forêt, les tribunes reconstruites lors de l'agrandissement de l'hippodrome, on en a tracé une nouvelle qui est droite comme un I majuscule. Sa première partie, depuis le quinconce de marronniers, longeant la grande avenue du château jusqu'au premier tournant de l'hippodrome, est le commencement de la grande piste circulaire; sa dernière partie se prolonge au midi du bois Bourillon, jusqu'à la route nationale, dont elle est séparée par un simple bouquet de bois; elle sert pour les épreuves à courtes distances. Le quinconce, qui existait avant Anne de Montmorency, a été replanté récemment par le duc d'Aumale.

Pour éviter, dans les courses de 2.000 à 2.400 mètres, les deux premiers tournants de la grande piste ronde, les départs sont donnés dans le prolongement de l'I majuscule, aux poteaux indicateurs des distances à parcourir. Les chevaux traversent alors le milieu de la pelouse pour reprendre la piste circulaire à la hauteur des Écuries.

Avant d'arriver aux grandes tribunes dont nous avons parlé page 52, on voit deux autres constructions dans l'enceinte du pesage.

La première se compose de deux corps de bâtiment adossés l'un contre l'autre. L'un regarde le midi et contient vingt-deux stalles abritées par les arbres de la forêt; l'autre, faisant face au paddock, est le pavillon du pesage. Il comprend trois salons. Celui du milieu, formant saillie, est le plus vaste; c'est là que se feront les opérations. Ceux des extrémités sont spécialement réservés aux jockeys; ils serviront de vestiaire et de lavabo.

La seconde construction est le coquet chalet construit en 1848, par le duc d'Aumale, entre les deux anciennes tribunes démolies en 1882. Lors de l'agrandissement, à cette époque, de l'hippodrome, ce chalet, qui est la tribune particulière du Prince, a été démonté avec soin et réédifié sur l'emplacement actuel, en face le poteau d'arrivée, surmonté d'une couronne.

L'ancien pesage se trouvait au rez-de-chaussée des tribunes; les nouveaux aménagements ont permis d'agrandir les bureaux insuffisants du télégraphe, et de réserver pour la presse un salon particulier de correspondance, près du secrétariat. Le salon du centre, ancienne salle de pesage, a été conservé pour les membres du Jockey-Club, et un escalier intérieur, nouvellement construit, permettra de communiquer directement avec les tribunes.

On appelle petite pelouse la partie qui est en dehors de l'hippodrome, à l'ouest.

L'ancien jeu d'arc, avant 1882, existait au premier puits entouré d'arbustes qu'on rencontre en entrant sur la pelouse, par l'avenue Bourillon. Il était dans le bois, en dehors et à l'ouest de l'hippodrome, comme celui qui a été reconstruit depuis au nord-ouest.

Il y a un second puits à l'extrémité de la pelouse ; il dépendait, avant 1833, d'une maison de garde, située en lisière de forêt.

Une légende se rapporte à la petite chapelle qu'on rencontre un peu plus à l'est, vers l'avenue du Château.

Un prince de la maison de Condé, s'amusant avec une arme à feu, la déchargea par mégarde dans la direction de la forêt ; il atteignit une bergère (Jeanneton), assise au bord du bois, et la blessa mortellement. En expiation de son imprudence et pour accuser publiquement sa faute, il fit élever une croix à l'endroit où était tombée Jeanneton. Elle fut détruite en 1789. M. le duc d'Aumale la fit rétablir en 1882, où elle était autrefois.

Le nom dont on se sert pour désigner la petite cabane devant laquelle la croix a été placée est-il impropre ? Est-ce une chapelle ? M. Lecerf prétend qu'on n'y a jamais célébré le service divin ; mais les plans de Chantilly qui datent de 1530 environ mentionnent cette cabane en la désignant comme chapelle. Elle est réellement une des quatorze stations édifiées par une dame de Montmorency, probablement Marie - Félicie Orsini, veuve de Henri II. Une autre chapelle, ou station, se trouvait au n° 66 de la Grande-Rue ; elle sert aujourd'hui de fournil à M. Béry, boulanger.

Lors de la rentrée des Bourbons en France, une des premières demandes du prince Louis-Henri-Joseph, à M. Jacquin, maire de Chantilly, qui, avec une députation des habitants de la ville, était allé à sa rencontre jusqu'à Compiègne, fut de s'informer si les révolutionnaires avaient respecté les six tilleuls séculaires qu'on aperçoit dans la partie la plus inclinée de la pelouse.

M. Hippolyte Lecerf raconte que ces arbres, qui semblaient avoir plus de deux siècles, avaient poussé là comme par enchantement. Une baguette magique les aurait fait surgir en une nuit. A notre époque, ajoute M. Lecerf, il n'est pas rare de voir transplanter des arbres qui ont 30, 40 et même 50 ans ; mais, il y a un siècle et demi, du temps de M. le Prince, il pouvait paraître phénoménal de faire avec succès une pareille transplantation. C'est cependant ce qui

avait eu lieu, pour complaire à la marquise de
Prie ; en une nuit, six forts tilleuls furent
plantés à l'endroit où ils sont encore aujour-
d'hui, verts et vigoureux.

Le Château.

On y arrive par un pont jeté sur un des bras
du grand canal ; la grille d'entrée est gardée par
deux concierges logés dans deux pavillons, dont
la construction remonte au XVII⁰ siècle. A
gauche, s'élèvent le Châtelet et le Château ; à
droite, sur une terrasse, le château d'Enghien ;
en face, dans l'axe de la route des Lions, une
rampe qui aboutit à une plate-forme au milieu
de laquelle se dresse la statue du Connétable,
œuvre de Paul Dubois. Elle a remplacé celle
qui avait été détruite en 1789.

Un pont relie cette plate-forme à l'entrée du
Château. La porte principale, dont les sculptures
décoratives sont de Hayem et les Génies de
Maniglier, est formée d'une galerie à jour avec
portique central surmonté d'un dôme, orné
d'écussons et de lions sculptés. A gauche, se
trouve la chapelle avec un clocheton couronné
de plomberie dorée et d'une statue de saint
Louis par Marquest. Le château d'Ecouen en a
fourni les merveilleux vitraux, l'autel et les

boiseries. Un cippe placé derrière l'autel renferme les cœurs des princes de Condé.

Après avoir traversé la cour d'honneur dans laquelle on remarque la statue de Louis XIV, terrassant le Monde, on entre dans la salle des Gardes, qui met en communication le Châtelet et le Château par un vestibule en rotonde.

Ce vestibule conduit au grand escalier de forme elliptique; sa rampe, en fer forgé, œuvre des frères Moreau, représente quatre torchères en bronze exécutées sur les dessins de Barthélemy. Ce magnifique travail rappelle les meilleurs morceaux des maîtres français du XVIIe siècle.

La grande salle des Cerfs est sans contredit la plus belle pièce du château. Au-dessus de l'entrée, une tribune dont la balustrade finement sculptée dans un unique et colossal bloc de pierre blanche, entrelace le chiffre du duc d'Aumale avec les fleurs de lys de France. A la corniche, élevant leurs andouillers dorés vers le plafond de chêne, des têtes de cerfs forment trophées; sur les murs, les grandes et splendides tapisseries de Van Orley, encadrées dans des bordures aux armes du comte de Toulouse, grand amiral de France; à hauteur d'appui, des bras de bronze sortent de la boiserie, tenant en main une torche de cuivre dont la flamme de gaz brûle en forme de fleur de lys. Tout au fond de la pièce, entre deux portes de glaces, la remarquable cheminée de Baudry, où l'artiste a représenté saint Hubert, sous la figure du duc de Chartres, s'agenouillant devant la vision, pendant qu'un écuyer retient et calme un cheval effrayé.

Des dessus de porte, du même artiste, complètent la décoration de cette galerie qui conduit au musée (voir page 85 et suivantes).

Il se termine par une rotonde qui occupe l'emplacement d'une ancienne tour du Vieux Château, la coupole et les voussures ont été peints par Baudry.

De la galerie de peinture on entre dans la galerie de Psyché, dont les larges baies sont décorées des magnifiques vitraux. Ils sont attribuées à Bernard de Palissy et proviennent aussi du château d'Écouen; les sujets sont tous empruntés à la fable, et quatre des quarante-trois qui forment la collection, sont des dessins de Raphaël.

Cette galerie aboutit à la tour du Trésor, dont les deux étages supérieurs sont destinés à recevoir les archives.

En retournant vers la galerie des Cerfs on traverse la Tribune, salle octogone qui renferme les plus belles toiles de la collection. Les panneaux des voussures, d'Armand Bernard, représentent des châteaux ou des habitations royales ou princières.

Les bâtiments qui relient le Châtelet au nouveau château renferment les salons de Chasses, d'Europe et des Huet, décorés de peintures par Lechevallier-Chevignard, et la bibliothèque où sont réunis un grand nombre d'ouvrages précieux, dans lesquels est comprise la célèbre bibliothèque de M. Cigongne. Parmi les livres qui la composaient, le Prince en trouva un qui avait été dérobé à la Bibliothèque nationale au commencement de ce siècle. C'est *le Triomphe de très haulte et puissante dame "" rayne du Puy d'amours,* nouvellement composé par l'inventeur des menus plaisirs honnêtes, paru à Lyon, chez François Juste, en 1539.

Aussitôt qu'il sut la provenance de ce livre, dont on ne connaît qu'un autre exemplaire qui est à la Bodleïenne d'Oxford, M. le duc d'Aumale s'empressa d'en faire cadeau à la Bibliothèque.

Quelques années plus tard, il acheta une lettre autographe de Malherbe. Ayant appris qu'elle, aussi, avait été volée jadis à la Bibliothèque, il la restitua de même.

On trouve dans les livres de Chantilly, les chansons de Laborde, avec les dessins originaux de Moreau le jeune. Les Heures manuscrites du duc de Berry ; la décoration de ce manuscrit, commencée vers 1390, n'a été terminée qu'au XVe siècle. L'édition princeps de Lucrèce de tous les auteurs grecs et latins et de tous les bons auteurs français. Les éditions originales de Rabelais et du Don Quichotte ; la collection des Elzévirs français ; la Bible latine de 1460, sur velin ; les Chroniques de France dites de Saint-Denys, en 1476, 1re édition, premier livre imprimé en français, à Paris.

Un grand nombre de livres reliés pour des personnages illustres et amateurs célèbres, parmi lesquels nous citerons : François Ier, Marguerite de Valois, Anne de Montmorency, Charles-Quint, Catherine de Médicis, de Thou, Marie de Médicis, Anne d'Autriche, Louis XIV, Madame de Pompadour. Les manuscrits sur velin avec miniatures, les autographes, les imprimés et reliures, en 1862, ne comprenaient pas moins de 180 numéros.

Dans les autres ailes qui enveloppent au sud la cour du Châtelet, on rencontre les boudoirs de Watteau. Le pinceau de cet artiste a reproduit, sous des allusions transparentes, les ridicules et les faiblesses du siècle de Louis XV. Il montre un grand de la cour, sous la peau d'un singe Chaque panneau a son allégorie. Ici le singe assiste à la toilette de sa maîtresse ou il l'aide à cueillir des cerises ; là, il joue aux cartes avec elle ou il l'emporte dans un char magnifique à travers la campagne.

Des boudoirs on passe dans les appartements

privés de M. le duc d'Aumale. Un grand salon d'angle sert de cabinet de travail, puis viennent deux ou trois pièces avec des meubles modernes et quelques souvenirs personnels.

En retour et à la suite de la Singerie, on entre dans la galerie des Batailles, consacrée au Grand Condé ; elle contient presqu'exclusivement des objets qui se rapportent à l'histoire de ce prince et de sa famille. En voici la nomenclature :

Portraits de :

Louis de Bourbon, premier prince de Condé. « Tué à Jarnac, 1569. Dessin par Janet. »

Henri II de Bourbon, prince de Condé, père du Grandé Condé. « Dessin fait à Rome en « 1623, par Octavio Léone. »

Le Grand Condé, vers l'âge de sa première victoire, 22 ans. « Par Stella (Jacques), né à « Lyon 1596, mort à Paris en 1657. C'est le « seul portrait de Condé à cet âge. »

Le Grand Condé.

Le Drapeau du Régiment Royal Liégeois, pris à la bataille de Rocroy.

Un médaillon en bronze doré, placé dans les plis du drapeau, représentant le Grand Condé à l'époque de sa mort.

Son épée avec poignée en ivoire sculptée, portant la date de 1622.

Une paire de pistolets à rouet lui ayant appartenu.

5.

Une paire de pistolets à silex et canons à vignettes dorées à ses armes forment le glorieux trophée de Rocroy.

Sur les murs, les peintures de Martin (Jean-Baptiste), dit l'aîné, dit Martin des Batailles.

« Né à Paris en 1659, mort en 1735; employé « par Vauban comme dessinateur, il travailla « sous la direction de Van der Meulen et suivit « Louis XIV et le grand Dauphin dans toutes « leurs campagnes. Il fit pour Chantilly les onze « tableaux qui ornent les murs de cette salle » :

1° Un médaillon : *Siège d'Aire en* 1641.

2° *La Bataille de Rocroy,* 19 mai 1643. Sept médaillons représentent les détails de cette rapide campagne conduite par le duc d'Enghien, qui n'avait pas 22 ans.

3° *Les Combats donnés devant Fribourg,* au mois d'août, et les conquêtes du Rhin, de Bâle à Coblentz, au mois de septembre 1644.

Ce tableau est entouré de treize médaillons représentant tous les grands événements de cette campagne célèbre de Condé et Turenne réunis.

4° *La Campagne de* 1645. Au centre, la Bataille de Nordlingen; en bas, deux médaillons, pour les détails de cette bataille. Sur les côtés, six médaillons. Sièges de Rottembourg et de Dünkespulh.

5° *La Campagne de* 1646. Au centre : Prise de Dunkerque; en bas, deux médaillons : Plan et Vue de Dunkerque ; à droite,et à gauche, huit médaillons : Sièges et Vues de Furnes, Courtrai, Bergue et Mardick.

6° *La Prise d'Ager*, sur les confins de l'Aragon, en octobre 1647. Un médaillon. Campagne de Lérida. Secours de Constantin.

7° *Bataille de Lens*, en 1648. Quatre médaillons : Plans et Sièges de Furnes et d'Ypres.

8° *Blocus de Paris,* en 1649, Trois médaillons: Combat de Vitry, Attaque de Charenton, Combat de Brie-Comte-Robert.

9° *Conquête de la Franche-Comté*, faite par le Roi en personne. Monsieur le Prince combattant sous les ordres de Sa Majesté, en 1668. Six médaillons : Carte de la Franche-Comté, Châteaux de Soux ; Sièges de Gray, de Dôle et de Salins, et le Château Sainte-Anne.

10° *Passage du Rhin*, 12 juin 1672. Trois médaillons : Campagne de 1672.

11° *Plan de Wesel*, médaillon . Combat de Senef, 1674.

Le portrait du héros, par Corneille (Michel), « né à Paris en 1642, mort en 1708, » est placé au milieu de la galerie; il représente le repentir du Grand Condé, qui fait déchirer les pages de l'histoire retraçant la part qu'il a prise aux guerres civiles de la Fronde.

Deux bustes en marbre *(le Grand Condé* et *Turenne)*, sur des gaines, genre Boule, par

Grohée, sont l'œuvre de Coustou (Nicolas), né à Lyon en 1658, mort à Paris en 1733.

Quatre statuettes en bronze, par Dardel, fondues par Thomire, en 1785, sont les portraits de *Duguesclin, Bayard, Turenne* et du *Grand Condé.*

Une statuette en biscuit de Sèvres représente *le Grand Condé* jetant son bâton de commandement dans les lignes de Fribourg.

Un portrait en plâtre du prince *Louis-Joseph de Condé,* et un buste en marbre, par Jalez, du *dernier duc de Bourbon,* complètent la galerie.

Au plafond, vingt-quatre écussons aux armes du Grand Condé et de ceux qui ont été ses compagnons sur les champs de bataille. Aux quatre coins, guidons de l'armée du Prince de Condé.

La partie du château comprise entre la Tour de Psyché et celle du Connétable, s'appelle « le Logis ». Un balcon qui règne à la hauteur du premier étage domine les parterres et les canaux du parc. Ces appartements ne présentent naturellement pas le même intérêt artistique que le reste du château.

Mais avant d'en sortir, nous pensons intéresser nos lecteurs en leur donnant, non pas une désignation complète, mais une liste assez détaillée des magnifiques collections renfermées dans le château. Elle pourra guider le visiteur en attendant qu'un catalogue soit publié.

TABLEAUX

1. *La Madeleine à mi-corps,* par Albano (Francesco), dit l'Albano, né à Bologne, 1578; mort en 1660.

2. *La Sainte-Vierge,* avec l'enfant Jésus et un Ange qui lui présente des fleurs (sur bois); Botticelli (Aleffandro-Filipepi), né à Florence en 1447, mort en 1515.

3. *Une Sainte Famille.* Au bas du tableau, sur un vase de cuivre plein d'eau, on lit la signature et la date : Bronzino (Aleffandro), né à Florence en 1536, mort en 1607.

4. *Le Sommeil de Vénus.* Tableau longuement décrit par Bellori (*Vita dei Pittori,* Pise, 1821, p. 100); peint pour le cardinal Farnèse, ainsi que les six tableaux suivants.

5. *L'Aurore.*

6. *La Nuit.*

7. *Quatre petites toiles,* représentant *Quatre Amours* semant des fleurs, et destinées, selon toute probabilité, à accompagner le tableau : *Le Sommeil de Vénus* (n° 4);
Les Trois Grâces, payés 600.000 fr., en 1883, par le duc d'Aumale;
La Vierge d'Orléans, payés 150.000 fr.;
Le Songe de Vénus;
   par Raphaël (Sanzio), 1483-1520.

8. *Martyre de saint Etienne*, provenant de la Galerie d'Orléans, par Corracci (Annibal), dit le Carrache, né à Bologne en 1560, mort en 1609.

9. Copie du tableau de son maître Raphaël : *La Madona del Velo,* dont l'original existait à Loretto, et a disparu (sur bois), par Fattore (Giov. Francesco, Penni, dit-il), né à Florence en 1488, mort à Naples en 1528.

10. *La Femme adultère*, par Giorgioe (Giorgio Barbarelli, dit-il), né à Castelfranco en 1477, mort en 1511.

11. *Groupe d'Anges* dansant en rond, par Giotto (Ambrogiotto di Bondone), né à Vespignano vers 1276, mort en 1336.

12. *Descente de Croix,* par Guercino (Francesco Barbieri, dit-il), né à Cento, près Bologne, 1591, mort en 1666.

13. *Une Sainte-Vierge* avec l'Enfant-Jésus sur un trône. Au pied du trône deux saints, dont l'un, saint François, avec les stigmates aux pieds. Plus bas les portraits du donateur et de la donatrice; attribué à Longhi (Lucas), né à Ravennes, 1507, mort en 1580.

Le Couronnement de la Vierge, par Lorenzo di Niccolo.

14. *La Nativité;*

15. *Tête de Femme ;*
    par Luini (Bernadino), né à Luino, sur
    le Lac Majeur, vers 1460, mort après
    1530.

16. *Un Amour endormi ;* d'autres jouent au-
    tour de lui ; par Mazzola (Gizolamo di
    Michele), né à Parme, mort en 1580
    (Ecole Lombarde).

17. *Ecce Homo,* par Mazzolini (Ludovico), né
    près de Ferrare vers 1481, mort en 1530 ;
    élève de Lorenzo Costa, de l'Ecole de
    Ferrare.

18. *Portrait d'un Gentilhomme,* à mi-corps ;
    par le même

19. *Portrait de Femme ;*
    par Morone (Giovan. Battista Moroni,
    dit le), né à Albino, près de Bergame,
    1510, mort en 1578.

    La Vierge entre deux Saints, par Palma
    le vieux.

20. *Madone* assise et supportée par un groupe
    d'Anges. A droite et à gauche, saint
    Dominique, saint Sébastien, saint Jean-
    Baptiste, saint Etienne, par Pellegrino
    di Modena, élève de Raphaël.

21. *Madone* assise sur un trône avec le Bam-
    bino, bénissant saint Pierre et saint
    Jérôme, par Perugino (Pietro Vánnuci,
    dit-il), né à Cita del Pieve, en 1446, mort
    en 1524.

22. *Portrait d'Odet de Coligny,* cardinal de Châtillon (sur bois) ; porte la date 1548 ; par Primaticcio (Francesco), né à Bologne, 1490, appelé en France par François Ier ; mort à Paris, en 1570.

23. *Portrait* d'un vieillard à grande barbe ; *Portrait* d'un vieillard avec une emplâtre sur l'œil ;

par Pulzone (Scipione), dit Scipione di Gaëta, né à Gaëte, vers 1550, mort vers 1590.

24. *Madonna del a Pace,* par Réné Guido (dit le Guide), né à Bologne, en 1575, mort en 1642.

25. *Portrait d'une Dame romaine* (sur bois), par Romano (Giurlo Pippi, dit Giulio), né à Rome, 1492, mort à Mantoue, 1546.

26. *La Résurrection de Lazare ;*

27. *Tobie et l'Ange :*

28. *Jérémie tiré de la fosse* (ces deux derniers signés du monogramme). Les numéros 26, 27 et 28 provenant de la Chiesa del popolo, à Rome, 1802.

29. *Le Chemin de la Croix,* provenant de la galerie du cardinal Altieri, à Rome.

30. *Grand paysage de la première manière :* Rocher formant arcade. Provenant de la galerie Balognetto, à Rome, 1802.

31. *Notre-Seigneur aux Limbes* (sur bois) ;

82. *Tobie et l'Ange,* signé du monogramme. (Ces deux numéros provenant de la Chiesa del popolo, à Rome) ;

par Rosa Salvator, né à l'Arenella, près de Naples, 1615, mort à Rome, 15 mars 1673.

33. *Sainte Famille,* à demi figures, dans un cadre ovale. Provenant de la galerie du cardinal Altieri, à Rome, 1802, par Sassoferrato (Giovanni Battesta Salvi da), né à Sassoferrato (marche d'Ancône), en 1609, mort à Rome, en 1689.

34. *Le Christ couronné d'épines par deux bourreaux.* Provenant de la galerie Albano, à Rome, 1802, par Spada (Lionello), né à Bologne, 1576, mort à Parme, 1622.

35. *Ecce Homo* (Le Titien, ayant reçu l'hospitalité de la famille Averoldi, à Brescia, laissa ce tableau en souvenir. Il n'était jamais sorti de cette famille, de laquelle il a été acquis en 1858), par Titien (Tiziano Vecellio, dit le), né à Cadore en 1477, mort à Venise en 1576.

36. *Sainte Famille,* par Voga (Pietro Buonacorsi, dit Perino del), né à Florence en 1500, mort à Rome, 1547.

37. *Mars et Vénus.* Provenant de la galerie d'Orléans, par Veronese (Paolo Caliari,

dit Paolo), né à Vérone en 1528, mort en 1588.

38. *Le Christ au tombeau;* sur une pierre, on lit : D. de la Voltera, par Voltera (Daniele Ricciarelli, dit le), né à Voltera, 1509, mort à Rome, 1566.

38. *César Borgia,* par un inconnu.

39. *Saint Joseph* tenant l'enfant Jésus. Provenant de la collection Standish, par Murillo (Bartholomeo Esteban), né à Séville, 1618, mort en 1682.

Saint Jean-Baptiste, d'Andrea Del Castagno.

Un Paysage, par Ruysdael.

40. *La Cène à Emmaüs.* Provenant de la galerie Soderini, à Rome, par Honthorst (Gerhard), dit Gherardo della Notte, né à Utrecht, 1592, mort à La Haye, 1680.

41. *La Ménagère,* scène d'intérieur, par Leys.

Une Marine, par Van de Velde.

42. *Le Cardinal de Richelieu* assis.

43. *Le Cardinal de Mazarin* assis.

(Ces deux tableaux, par Champagne (Philippe de), né à Bruxelles en 1602, mort à Paris en 1674, ont toujours fait partie de la galerie du Palais-Royal, à Paris, jusqu'en 1848).

Collection de quarante-deux portraits des Princes et Princesses de la branche royale

de Bourbon, et de la branche de Condé,
exécutés pour les Princes de Condé,
d'après des portraits originaux provenant
du château de Chantilly, par Fragonard
(Nicolas), né à Grasse en 1732, mort en
1806 :

44. *Charles de Bourbon,* premier duc de Vendôme, né en 1489, mort en 1536. Ses
fils : Antoine de Bourbon, duc de Vendôme, roi de Navarre, chef de la branche
aînée des Bourbons (voir plus bas).

45. *François de Bourbon,* comte d'Enghien,
né en 1519, mort en 1545. Vainqueur à
Cerisoles, en 1544. Louis Ier de Bourbon,
premier prince de Condé (voir plus bas).

46. *Antoine de Bourbon,* duc de Vendôme,
roi de Navarre, né en 1518, tué au siége
de Rouen, en 1562 Marié à

47. *Jeanne d'Albret,* reine de Navarre, fille
de Henri d'Albret et de Marguerite de
Valois, sœur de François Ier. De ce mariage

48. *Henri IV,* roi de France et de Navarre,
né en 1553, mort en 1610. Marié à

49. *Marie de Médicis,* née en 1574, morte en
1642. De ce mariage

50. *Louis XIII,* roi de France, né en 1601,
mort en 1643. Marié à

51. *Anne d'Autriche,* infante d'Espagne, née
en 1601, morte en 1666. De ce mariage

52. *Louis XIV*, roi de France, né en 1638, mort en 1715. Marié à

53. *Marie-Thérèse d'Autriche*, infante d'Espagne, née en 1638, morte en 1683. De ce mariage

54. *Louis de France*, dauphin, dit Monseigneur ou le Grand Dauphin, né en 1661, mort en 1711. Marié à

55. *Marie-Anne-Christine de Bavière*, morte en 1690. De ce mariage

56. *Louis de France*, duc de Bourgogne, né en 1682, mort en 1712. Marié à

57. *Marie-Adélaïde de Savoie*, duchesse de Bourgogne, née en 1685, morte en 1712. De ce mariage

58. *Louis XV*, roi de France, né en 1710, mort en 1774. Marié à

59. *Marie Leczinska*, née en 1703, morte en 1768. De ce mariage

60. *Louis-Joseph de France*, dauphin, né en 1729, mort en 1765. Marié en secondes noces à

61. *Marie-Josèphe de Saxe*, née en 1731, morte en 1767. De ce mariage

62. *Louis XVI*, roi de France, né en 1754, mort en 1793. Marié en 1770 à

63. *Marie-Antoinette-Josèphe d'Autriche*, née en 1755, morte en 1793. De ce mariage

64. *Louis-Charles, duc de Normandie,* dauphin (Louis XVII), né en 1785, mort en 1795.

BRANCHE DES BOURBON-CONDÉ

65. *Louis Ier de Bourbon,* premier prince de Condé, cinquième fils de Charles de Bourbon, premier duc de Vendôme (voir plus haut n° 44), né en 1530, tué à la bataille de Jarnac, en 1569. Marié à

66. *Eléonore de Roye,* née en 1535, morte en 1564. De ce mariage

67. *Henri Ier de Bourbon,* prince de Condé, né en 1552, mort à Saint-Jean d'Angely, en 1588. Marié en secondes noces à

68. *Charlotte-Catherine de la Trémoille,* née en 1568, morte en 1629. De ce mariage

69. *Henri II de Bourbon,* prince de Condé, premier prince du sang, né en 1588, mort en 1646. Marié à

70. *Charlotte-Marguerite de Montmorency,* née en 1593, morte en 1650. De ce mariage

71. *Anne-Geneviève de Bourbon,* née en 1619, morte en 1679. Mariée à Henri d'Orléans, duc de Longueville.

72. *Louis II de Bourbon,* prince de Condé : LE GRAND CONDÉ, né en 1621, mort en 1686. Marié à

73. *Claire-Clémence de Maillé-Brezé,* née en 1628, morte en 1694. De ce mariage

74. *Henri-Jules de Bourbon,* prince de Condé, (Monsieur le Prince), né en 1643, mort en 1709. Marié à

75. *Anne de Bavière,* née en 1648, morte en 1723. De ce mariage

76. *Louis, III de Bourbon,* prince de Condé (Monsieur le Duc), né en 1668, mort en 1710. Marié à

77. *Louise-Françoise de Bourbon,* légitimée de France, dite Mademoiselle de Nantes, née en 1673. De ce mariage

78. *Louis-Henri de Bourbon,* prince de Condé, duc de Bourbon, né en 1693, mort en 1740. Marié à

79. *Charlotte de Hesse-Rheinsels-Rottem-bourg,* née en 1714, morte en 1741. De ce mariage

80. *Louis-Joseph de Bourbon,* prince de Condé, mort en 1818. Marié à

81. *Charlotte-Godefrite-Elisabeth de Rohan-Soubise,* née en 1737, morte en 1760. De ce mariage

82. *Louise-Adélaïde de Bourbon.*

83. *Louis-Henri-Joseph de Bourbon,* prince de Condé, né en 1756, mort à Saint-Leu en 1830, marié à

84. *Louise-Marie-Thérèse-Bathilde d'Or-léans,* née en 1750, morte en 1822; tante du roi Louis-Philippe Ier. De ce mariage

85. *Louis-Antoine-Henri de Bourbon,* duc d'Enghien, né en 1772, fusillé à Vin-cennes le 12 mars 1804.

86. *Rénée de France,* fille de Louis XII et d'Anne de Bretagne, née en 1510; mariée à Hercule d'Este, duc de Ferrare.

87. *Henri II,* roi de France, enfant, avec un petit chien.

88. *Eléonore d'Autriche,* sœur de Charles-Quint; mariée à François Ier.

89. *Elisabeth d'Autriche,* mariée à Charles IX.

90. *Claude de France,* fille de Henri II et de Catherine de Médicis; mariée à Charles II, duc de Lorraine.

Ces cinq derniers numéros par Janet (Jehan Clouet et François Clouet, son fils), appelés peintres du roi de 1520 à 1580; le second est le plus célèbre.

Le Déjeuner de Jambon, provenant de la galerie du roi Louis-Philippe; par Lancret (Nicolas), né à Paris en 1690, mort en 1745.

92. *Mademoiselle Duclos,* dans le rôle d'Ariane; célèbre actrice de la Comédie-Française.

morte en 1748; gravé par L. Desplace en 1714 ; par Largillière (Nicolas de), né à Paris (1656), mort en 1746.

93. Portrait en pied de *Mademoiselle de Clermont* (Marie-Anne de Bourbon), fille de Louis III, prince de Condé, et de Mademoiselle de Nantes, née en 1697. La princesse, en costume mythologique, est représentée prenant les eaux de la source de Sylvie, à Chantilly. (Provenant du château de Chantilly.)

94. Portrait de *Louise-Henriette de Bourbon-Conti,* duchesse d'Orléans. Mariée à Louis-Philippe, duc d'Orléans, petit-fils du Régent. La princesse est représentée en Hébé; a été gravé par Hubert; par Nattier (Jean-Marie-Marc), né à Paris, en 1685, mort en 1766.

95. *Halali du Loup ;*

96. *Halali du Renard;*

　　　par Oudry (Jean - Baptiste), né à Paris, 1696, mort en 1755 :
　　　(Ces deux tableaux proviennent du Palais-Bourbon).

97. *Le Massacre des Innocents.* Collections Giustiniani, Lucien Bonaparte et du duc de Lucques.

98. *Une Bacchanale ;*

99. *Thésée* découvrant l'épée de son père Egée;
par Poussin (Nicolas), né aux Andelys,
en 1594, mort à Rome en 1665.

100. *Une Nymphe;*
L'Hommage à la Beauté;
Le Réveil de Psyché;
par Prud'hon (Paul), né à Cluny, 1768,
mort, 1823.
(Provenant du marquis de Maisons).

101. Portrait en pied de *Louis XIV,* en costume
royal; par Rigaud (Hyacinthe), né à
Perpignan en 1659, mort à Paris en 1743.

102. *Le Déjeûner d'Huîtres;* par Troy (Jean-
François de), né à Paris, vers 1680, mort
à Rome en 1752.
(Provenant de la galerie du roi Louis-
Philippe).
Corneille, par le même.

103. *Une jeune Femme* jouant avec des enfants
et leur distribuant des perles, par Vanloo
(Carlo Andrea), né à Nice en 1705, mort
à Paris en 1765.
Molière, par Mignard.

104. *Chantilly au XVIᵉ siècle :* une Partie de
pêche, par Baron.

105. « De quel éclat brillaient dans la bataille ?
Ces habits bleus par la victoire usés ! »
(BÉRANGER).
Par Bellangé (Hippolyte).

6

106. *Bertrand et Raton ;*

107. *Enfants Turcs* auprès d'une fontaine ;
     par Decamps, mort en 1860.

103. *Un Corps de garde marocain;*
     Les deux Foscari;
         par Eugène Delacroix.
         (Provenant de la collection de M. Amic,
         de Gouvieux).
     Le Napoléon, par Gérard.

109. *Assassinat du duc de Guise,* au château de
     Blois, en 1588, provenant de la galerie
     du duc d'Orléans, par Paul Delaroche, né
     à Paris en 1797, mort en 1856.

110. *Les Baigneuses,* par Fontaine.

111. *Vue du Hameau dans le parc de Chan-*
     tilly, par Français.

112. *Cheval sortant de l'écurie,* par Géricault
     (Jean-Louis-André-Théodore). Dernier
     tableau peint par ce maître. Il le laissa
     inachevé. (Le groom a été peint par
     Horace Vernet). Provient de la galerie du
     roi Louis-Philippe.

113. *Les Suites d'un Bal masqué,* par Gérôme.

114. *Le Labour en Syrie,* par Girardet (Karl).

115. *Vue de l'ancien Château de Chantilly* au
     XVIᵉ siècle, par Godefroy.

116. *Escadrille française devant le Tréport*
     (1839), par Gudin (Théodore).
     La Stratonice.

117. *Françoise de Rimini et Paolo Malatesta,* par Ingres.

118. *Chantilly au XVIIᵉ siècle :* Promenade sur l'eau ;

118. *Chantilly au XVIIIᵉ siècle :* le Déjeuner des Chasseurs (Costumes de la vénerie de Condé) ;
par Lamy (Eugène).

120. *Les Bûcherons bretons,* par Leleux (Ad.).

121. *Le Peintre Zeuxis,* chargé par la ville ville d'Agripente de représenter une Vénus, fait poser devant lui comme modèle les plus belles filles de la ville (Pline), par Mottez (Victor).

122. *Femme napolitaine* pleurant sur les ruines de sa maison, par Robert (Louis-Léopold), né à la Chaux-de-Fonds en 1794, mort à Venise en 1835. Provenant de la galerie du Roi Louis-Philippe.

123. *Vue du Val Fleury,* près Marly ;

124. *Chantilly au XVIIIᵉ siècle :* le Goûter dans la forêt ;
par Roqueplan (Camille), né à Malemont (Provence), mort en 1855.

125. *Paysage,* par Rousseau.

126. *Portrait de la Reine Marie-Amélie.* S. M. est assise, tenant à la main le portrait du Roi (1857). Dernière œuvre du maître.

127. *Portrait du prince de Talleyrand* (1828),
légué à S. A. R. par lord Holland ;
par Scheffer (Ary), né à Dordrecht en
1795, mort en 1858.

Peintres anglais :

128. *Portrait de Louis-Philippe-Joseph d'Orléans,* duc d'Orléans, en costume de
colonel général des hussards.

(C'est la réduction du portrait exécuté
pour le prince de Galles et qui fut détruit
en 1820 dans l'incendie de Carlton-House.
Il a appartenu à Lawrence, puis à
M. Evans qui l'avait acheté à la vente
après le décès de Lawrence).

129. *Vue du Pont Saint-Cloud,* par Reynold
le graveur.

Peintres inconnus :

130. *Henri II,* roi de France.

(Le roi est revêtu de l'armure damasquinée d'argent de Benvenuto Cellini. De
l'école de Primatice à Fontainebleau).

131. *François,* dauphin de France, fils de
François Ier, mort jeune.

132. *François II,* roi de France.

133. *Charles IX,* roi de France.

(Ces trois portraits sont de l'école de
Janet).

134. *Louis II de Bourbon,* le Grand Condé.

135. *Louis III de Bourbon*, petit-fils du Grand Condé, appelé M. le Duc.

136. *Le Duc d'Enghien*, né en 1772, fusillé à Vincennes en 1804. En habit de vénerie aux couleurs de Condé.

137. *Conti (Louis-François-Joseph de Bourbon)*, (dernier prince de), né en 1734. En habit de vénerie aux couleurs de Conti.

138. *Prince de la Maison royale de France*, en robe de chambre.

139. *Personnage inconnu*, en costume de Naïade, appuyé sur une urne.

140. *Henri IV, Louis XIII* et *Marie de Médicis*.

MINIATURES

141. *François-Louis, prince de Conti*, dit le Grand, mort en 1709. Il fut élu roi de Pologne. Marié à

142. *Thérèse-Marie de Bourbon.*

143. *Louis XV, roi de France.*

144. *Inconnu.*

145. *Marie-Louise d'Orléans*, mariée au roi d'Espagne Charles II, mort en 1689.

146. *Louise-Marie-Thérèse-Bathilde d'Orléans*, morte en 1822, dernière duchesse de Bourbon, tante du Roi Louis-Philippe.

147. *Louis-Henri-Joseph*, dernier duc de Bourbon, mort en 1830.

6.

148. *Louise-Anne,* Mademoiselle de Charolais, fille de Louis III de Condé.

149. *Elisabeth,* Mademoiselle de Sens, sœur de la précédente.

150. *Louise-Elisabeth,* Mademoiselle de Bourbon, mariée à Armand, prince de Conti.

151. *Charlotte de Rohan-Soubise,* morte en 1760. Femme de Louis-Joseph, duc de Bourbon.

152, 153, 154. *Inconnus.*

155. *Charles,* comte d'Artois (Charles X), par Cofway.

156, 157. *Inconnus.*

158. *Louise de Bourbon,* Mademoiselle de Condé, sœur du dernier duc de Bourbon, morte religieuse.

159. *Louis XVII.*

160. *Henri de Lorraine,* duc de Guise, dit le Balafré, mort en 1588.

161. *Henriette de Balzac d'Entragues,* marquise de Verneuil, et ses deux enfants.

162. *Marie de Médicis,* reine de France.

163. *Anne de Bretagne,* reine de France.

164, 165 et 166. *La Duchesse d'Aumale* et ses enfants : *Le Prince de Condé* et *le Duc de Guise,* par Meuret, 1846, par Rofs, 1857.

167, 168. *Inconnus.*

169. *Gabrielle d'Estrées,* par Benjamin Foulon.

170. *Lady Holland.*

171. *Le Prince de Salerne,* enfant.

172. *Madame Jennings.*

173. *Hortense Mancini,* née en 1646, morte en Angleterre en 1699; mariée à Armand de la Meilleray, duc de Mazarin.

174. *François Ier et la Duchesse d'Etampes,* par Lucas Penni.

175. *Marie-Thérèse,* Madame la Dauphine, duchesse d'Angoulême.

176. *François,* duc d'Alençon, puis d'Anjou; mort en 1584.

177. *Inconnu.*

178. *Henri II.*

179. *Henri IV.*

180. *Inconnu :* Prince en Crispin avec la croix du Saint-Esprit.

181. *Louis XIII,* par Philippe de Champagne.

182. *Eugénie-Adélaïde-Louise d'Orléans,* Madame Adélaïde, sœur du Roi Louis-Philippe, par La Chaussée (Jean-François).

183. *Louis-Philippe d'Orléans,* roi de France, en colonel de dragons, à l'âge de 15 ans; né le 6 octobre 1773, mort le 26 août 1850.

184. *Inconnu.*

185. *Charles de Lorraine,* duc de Guise, fils du Balafré, avec l'écharpe rouge.

186. *Louis - Antoine - Henri,* duc d'Enghien, fusillé à Vincennes en 1804.

187. *La Princesse Marie d'Orléans*, duchesse de Wurtemberg, née en 1764, morte en 1855, par Isabey.

188. *Marie-Thérèse d'Autriche*, femme de Louis XIV.

189. *Charlotte de Montmorency*, mariée à Henri II de Condé; mère du Grand Condé et du prince de Conti.

190. *Louis II de Bourbon*, le Grand Condé.

191. *Armand de Bourbon*, prince de Conti, son frère.

192. *Louis-Henri-Antoine*, duc d'Enghien, en costume vendéen.

193. *Charlotte, princesse de Rohan-Rochefort*.

194. *Le Duc d'Enghien*, fusillé en 1804.

195. *Philippe Ier*, duc d'Orléans, frère de Louis XIV, père du Régent, dit Monsieur.

196. *Louis,* duc d'Orléans, fils du Régent, mort en 1752.

197. *Antoine-Philippe,* duc de Montpensier, né en 1775, mort en 1807, et *Adolphe,* comte de Beaujolais, né en 1779, mort en 1808. Madame *la Duchesse de Bourbon,* leur tante, sous la forme d'un ange, les protège dans leur prison.

198. *Marie-Caroline d'Autriche,* mariée à Ferdinand Ier, roi des Deux-Siciles, morte en 1814; mère de la reine Marie-Amélie.

199. *Ferdinand Ier*, roi des Deux-Siciles, mort
    en 1825.

200. *La Marquise de Brancaccio*, par Mancie.

201. *Spinola* (Ambroise, marquis de), né à
    Gênes, 1571, mort en 1630, d'après Van
    Dyck.

202 à 214. *Inconnus*.

215. *François Ier*, roi de France.

216. *Henri II*,   id.

217. *Charles IX*,   id.

218. *Henri III*,   id.

219. *François*, duc d'Alençon.

220. *Henri IV*, roi de France.

      (Six miniatures du XIXe siècle).

221. *La Duchesse d'Aumale*, avec *le Prince de
    Condé* et *le Duc de Guise*, par sir Wil-
    liam Rofs.

222. *Le Roi Ferdinand IV*, de Naples; *la Reine
    Marie-Caroline-Louise*, et leurs enfants:
    François Ier, roi de Naples; *Marie-
    Christine-Amélie*, mariée à Charles-
    Félix, roi de Sardaigne; *Marie-Amélie*,
    mariée à Louis-Philippe, roi des Fran-
    çais; *Léopold-Jean-Joseph*, prince de
    Salerne; *Marie-Thérèse-Caroline*, ma-
    riée à François Ier, empereur d'Autriche.

    (Ces portraits ornent le couvercle d'un
    coffret).

223. *Boîte à musique* en malachite, donnée par Madame Adélaïde au duc de Bourbon, à l'occasion du baptême du duc d'Aumale (1825).

Sur le couvercle se trouvent onze miniatures : *Louis - Philippe*, duc d'Orléans ; *Marie - Amélie*, duchesse d'Orléans ; *Madame Adélaïde*, la *princesse Marie*, le *duc de Chartres* (depuis duc d'Orléans), le *duc de Nemours*, la *princesse Louise*, le *prince de Joinville*, le *duc d'Aumale* et le *duc de Montpensier*.

EMAUX

224. *Louis de Bourbon*, duc de Montpensier, en 1538.
225. *Jeanne d'Albret*, reine de Navarre.
226. *Antoine de Bourbon*, roi de Navarre.
227. *Jean de Bourbon*, comte d'Enghien, tué à la bataille de Saint-Quentin, en 1557, à l'âge de 31 ans.

(Ces quatre numéros sont de Léonard Limousin).

228. *Louis XIV*, roi de France
229. *Le même.*
230. *Le même*, sur une tabatière.

231. *Le Grand Condé.*

232. *Claire-Clémence de Maillé,* femme du Grand Condé.

233. *Inconnu,* sur une tabatière.

(Ces six numéros sont de Petitot (Jean), né en 1607, mort en 1691).

Inconnu :

234. *Marie-Thérèse d'Autriche,* reine de France.

235. *Le Grand Dauphin.*

236. *Henri-Jules de Bourbon,* fils du Grand Condé.

237. *Louis XV.*

238. *Mademoiselle de Clermont.*

239. *Marie-Thérèse d'Autriche.*

240. *Louis-Philippe,* duc d'Orléans, petit-fils du Régent.

241. *Inconnue,* sur une tabatière ronde.

242. *Inconnue.*

Deux cents DESSINS des principaux maîtres des écoles d'Italie, Lombarde et Vénitienne, Espagnole, Allemande, Flamande et Hollandaise; Léonard de Vinci, Michel-Ange, Raphaël, Polydore de Caravage, Gentil et Jean Bellin, Corrège, Parmesan, Murillo, Janet, Poussin (Nicolas), Claude Lorrain, Lesueur, Puget, Watteau, duc de Montpensier, Géricault, Lucas de Leÿde,

Van Dyck, Tenier (D.), Rembrandt, Ruysdael, Koning et bien d'autres.

Environ trois cents DESSINS et PORTRAITS historiques par Janet (Clouet), provenant de la collection de Lord Gower.

Une cinquantaine d'ESTAMPES de toute beauté, provenant des meilleurs graveurs Allemands, Flamands et Hollandais, Français et Italiens.

Des VITRAUX, des TABLEAUX EN CARREAUX DE FAÏENCE de la fabrique de Rouen (1542), provenant d'Ecouen.

Des MOSAÏQUES, des STATUES, BUSTES, MARBRES, tous remarquables. Tous ces trésors artistiques avec la Bibliothèque dont nous avons déjà parlé, et les rares collections de MANUSCRITS sur velin avec miniatures et d'AUTOGRAPHES, forment un musée unique.

Lorsque nous aurons donné le détail des principaux OBJETS MOBILIERS qui se trouvent dans le château de Chantilly et que nous aurons parcouru le parc, les jardins et la forêt, nous aurons fait connaître la richesse de la donation dont l'auteur de l'*Histoire des Princes de Condé* a doté l'Institut de France.

OBJETS MOBILIERS

671. *Muséum minéralogique,* en bois de rose et
marqueterie, orné de bronzes dorés, donné
par Gustave III, roi de Suède, à Louis-
Joseph de Bourbon, prince de Condé
(Haupt, ébéniste du roi à Stockolm, 1774).

672. *Dressoir* en noyer sculpté, par Grohé,
ébéniste à Paris, contenant un plat de
faïence ancienne aux armes de Bourbon,
une assiette de vieux Chine et une de
vieux Sèvres décorée aux armes d'Orléans,
coupe, tasses de Sèvres, statuettes de
vieux Saxe, etc.

673. *Commode* en marqueterie, Louis XIV,
ornée de bronzes dorés.

674. *Coffre* en vieux laque de Chine.

675. *Bouteille* en porcelaine céladon, montée
en bronze doré.

676. *Coupes* en porcelaine de Sèvres.

677. *Potiches* en vieux Chantilly.

678. *Chaise* ayant appartenu au bailli de Suffren.

679. *Sièges* en tapisserie de Beauvais, fond
bleu, ayant appartenu à la Grande Mademoiselle (château d'Eu).

680. *Table* de Boule, marqueterie d'écaille et
de cuivre, garni de bronze doré et de
figures, ronde bosse, provenant du château
de Chantilly.

7

Bureau en marqueterie de bois de rose, avec son cartonnier, ayant appartenu au duc de Choiseul, ambassadeur de France en Angleterre. Le portrait de ce dernier, travaillant à ce même bureau, y est gravé. Ce meuble provient de la collection Hamilton.

681. *Table* d'un seul pied de vigne, provenant du château d'Ecouen, timbrée aux armes de François, dauphin de Viennois et duc de Bretagne, fils de François Ier, et accompagnées de la cordelière, emblème des derniers ducs et duchesses de Bretagne, de la couronne ducale, de l'épée de connétable et d'une des devises d'Anne de Montmorency : « *Dieu et mon grand service.* »

682. *Equipement de cheval* donné par le bey de Tunis.

683. *Poignard* enrichi de diamants donné par le même.

684. *Sabre et Poignard* donnés en 1837 à Abd-el-Kader par le roi Louis-Philippe et le Prince royal, duc d'Orléans; repris dans sa tente, lors de l'enlèvement de sa smalah, 1843.

685. *Equipement de cheval,* donné par le kalifa Ben-Abdallah-Sidi-el-Aribi.

686. *Sabre persan.*

687. *Armure de Delhy*.

688. *Poignard de Gustave Wasa* portant sur sa garde son nom et la date 1516.

689. *Grande Croix*, en argent ciselé, XIIIe et XVe siècle, provenant de la cathédrale de Bâle.

690. *Ostensoir*, de l'archevêché de Braga (Portugal), XVe siècle.

691. *Tableau* en argent repoussé, travail italien.

692. *Vase* en bronze, par Clodion.

693. *Objets antiques*, provenant de fouilles faites à Pompeï et autres.

694. *Azulejos*, provenant du château de Tarifa et détachés de la fenêtre par laquelle Guzmann el Bueno jeta aux Maures son propre poignard pour tuer son fils.

695. *Deux épées*, ayant appartenu au duc de Bourbon ; l'une à lame damasquinée, poignée or ciselé et émaillé, par « Liger à Paris ».

696. *Six petits verres* en cristal de roche, gravés aux armes du Grand Condé.

697, 698. *Verres de Venise et Verres allemands*.

699. *Tasses, Coupes et Vases* en vieux Sèvres.

700. *Tasses, Assiettes, Pots et Cuvettes* en vieux Chantilly.

701. *Plats de Faenza*.

702. *Tabatière,* montée à deux or, peintures sur ivoire représentant des vues et plans du domaine de Chantilly, XVIIIᵉ siècle.

703. *Montre* en argent, ayant appartenu au Régent.

704. *Tabatière,* montée en or, pierres dures.

705. *Camée antique,* trouvé par le duc d'Aumale, à Boghar (Algérie).

706. *Coupe antique.*

707 à 726. *Armes* anciennes et modernes.

727. *Biscuits de Sèvres,* surtout des chasses, d'après les dessins d'Oudey.

728. *Bronzes,* par Dennière, d'après les dessins d'Eugène Lamy.

729. *Console* Louis XIV, en bois doré.

730. *Console de Gênes,* XVIIIᵉ siècle, bois doré.

731. *Torchères* à têtes de nègres, style Louis XIV.

732. *Vase* en bronze doré et argent oxydé : Combat des Amazones, par Marrel.

733. *Vase des chasses,* en porcelaine de Sèvres ; la gaine, par Grohée.

734. *Siège* en bois doré sculpté, ayant appartenu à Marie-Antoinette.

735. *Costume Circassien,* donné par le grand-duc Constantin.

736. *Poignard Espagnol,* en fer ciselé, travail des Asturies.

737. *Olifant* du XIIIᵉ siècle, en ivoire sculpté.
L'extrémité inférieure a été ajoutée au
XVIIᵉ siècle.

738. *Sièges* en tapisserie de Beauvais, fond rose ;
bois ayant appartenu à la Grande Mademoiselle.

Les pièces du sous-sol du château sont en
communication avec le rez-de-chaussée du châtelet ; parmi ces pièces, il y a, au-dessous de la
galerie des Cerfs, un salon d'été conduisant au
parterre à la française, dit de la Volière.

Le Parc et les Jardins.

Un double escalier de pierre, construit au
XVIIᵉ siècle, au point culminant de la rampe,
dite du Connétable, descend de la terrasse dans
lè parc et les jardins.

Sous les voûtes d'un gigantesque perron qui
forme la limite de la plate-forme du Connétable
et sur les côtés de l'escalier, se trouvent des
fontaines, « statues de fleuve à barbe limo-
neuse, qui s'appuient sur des urnes penchantes
desquelles l'eau jaillit sans cesse. »

. Devant soi, le parterre encadré de platanes
séculaires et plus loin la pelouse du Vertugadin,
dominée par une statue équestre du Grand
Condé, autour duquel sont groupés Bossuet,

Le Nôtre, Boileau et Racine ; cette allée gazonnée
mène aux sables d'Apremont. A gauche est le
jardin anglais avec un petit temple où s'abrite
une statue de Vénus Callipyge, l'île d'Amour,
et le Jeu de Paume, dont nous parlerons plus
loin. A droite, le Hameau avec ses magnifiques
sources et un dédale de sentiers et de ruisseaux
perdus dans le feuillage. Plus loin s'étend le
grand canal, sur les bords duquel, rive droite, on
aperçoit les maisons princières de Saint-Firmin,
l'habitation de M. le duc de Chartres, qui appartiennent au Domaine. Ce canal commence à la
cascade de Saint-Firmin ; il est alimenté par la
rivière de Nonette, qui renouvelle sans cesse les
eaux des canaux du parc dans lesquels nagent
des bandes de cygnes blancs.

E. de la Bédolière raconte qu'un jour, en 1740,
des oiseaux étrangers s'abattirent dans une pièce
d'eau. Leur aspect inconnu frappe d'abord, les
filets sont disposés et bientôt ces oiseaux tombent
vivants aux mains de leurs vainqueurs ; on leur
coupe les ailes et ils sont contraints d'habiter le
grand canal et les cours d'eau environnants. On
dit qu'ils eurent assez de peine à s'y acclimater,
mais il en survécut assez pour perpétuer la race.
L'Académie des Sciences constata, en 1786, que
les cygnes sauvages de Chantilly avaient pour cri
une sorte de chant qu'elle nota par le *mi fa*
pour le mâle et par le *ré mi* pour la femelle.

Le Parc de Sylvie.

Derrière le château d'Enghien, le parc de Sylvie, avec ses allées aux parois rectilignes; elles sont tapissées d'une mousse épaisse où les paons familiers laissent traîner leurs queues éblouissantes.

La maison de Sylvie est située près de l'étang dont les eaux limpides vont se perdre dans celles qui entourent le château; elles sont peuplées de carpes plusieurs fois centenaires.

Le nom de Sylvie est celui de Marie-Félicie Orsini, de Rome, mariée au malheureux Henri II de Montmorency. Elle était connue et chantée par les poëtes, sous le nom pastoral de Sylvie.

Théophile de Viau, condamné par la grande chambre de justice, à être brûlé vif pour quelques vers licencieux qui lui étaient attribués, trouva au château de Chantilly un asile de quelques semaines (1623).

L'influence de sa situation, sa solitude (il demeurait caché dans une des tours du château féodal), lui inspira des odes pour la dame du lieu dont nos lecteurs nous sauront gré de faire revivre ici la grâce descriptive :

> Au travers de ma noire tour,
> Mon âme a des rayons qui percent

Dans ces parcs que les yeux du jour
Si difficilement traversent ;
Mes sens ont tout le tableau,
Je sens les fleurs au bord de l'eau,
Je prends le frais qui les humecte,
La princesse s'y vient asseoir ;
Je vois, quand elle y va le soir,
Que le jour fuit et la respecte,
Les oiseaux ne font plus de bruit ;
Et seul le roi de l'harmonie
Qui touche un luth, en pleine nuit,
Demeure en notre compagnie.

Pont-Martin, Mairet, Santeuil ont tour à tour chanté Sylvie.

Après la mort d'Henri II, sa veuve dit au monde un dernier adieu éternel et se retira au couvent de Sainte-Marie de Moulins ; elle mourut le 5 juin 1666. « Sa vertu n'eut pas d'ombre ».

La maison de Sylvie a été, depuis cette époque, le témoin de bien des rendez-vous discrets. M. le duc d'Aumale, désireux de classer ses innombrables œuvres d'art, a décidé de construire un avant-corps à cette maison. Une rotonde s'y élève et contiendra bientôt les statues, les bronzes, etc., qui dépendent de la collection du Prince. Les boiseries décoratives de cette rotonde sont celles d'un pavillon de chasse provenant de Dreux. Elles sont restaurées par M. Bonnet, menuisier à Chantilly, et ont une valeur artististique considérable.

Le Jeu de Paume.

Pendant les troubles révolutionnaires, le Jeu
de Paume qui se trouve à l'extrémité du parc,
pour ainsi dire dans la ville, devait être détruit.
Gouverneur, employé de la maison du duc de
Bourbon, celui qui fut incarcéré plus tard, sauva,
par sa présence d'esprit, ce monument d'une
démolition certaine. Il réclama, afin de conserver une salle de réunion pour les habitants de
Chantilly ; il fut écouté.

Pendant l'exil du duc d'Aumale, le Jeu de
Paume servait de magasin ; sa destination est
modifiée, il devient un musée d'armes. C'est là
qu'on pourra visiter les tentes que le duc
d'Aumale a conquises en Afrique le 16 mai 1843,
avec la smalah d'Abd-el-Kader. Les voitures
du sacre de Charles X, celles du roi et du duc
de Bourbon seront dans ce bâtiment, ainsi que
la sellerie ancienne, d'une richesse inconnue de
nos jours.

En traversant la ville, avant de parcourir la
forêt, nous trouvons

L'Eglise.

Est-il vrai que l'architecte se soit inspiré
d'une pensée d'indépendance de la seigneurie

7.

vis-à-vis de l'Eglise, comme l'avance, sans y croire, M. Hippolyte Lecerf? Nous l'ignorons complétement.

Le nom des donateurs est gravé au fronton du Temple que les Condé ont élevé à Dieu, comme il l'est également sur c lui de l'Hôpital qu'ils ont légué aux pauvres.

L'Eglise a été érigée sur l'emplacement qu'on désignait sous le nom de place de Beauvais; elle est entièrement voûtée et décorée de deux pilastres corinthiens; elle n'a pas l'aspect monumental. Sa construction, cependant, est sévère; les bas-côtés ajoutés plus tard (1733) s'harmonisent heureusement avec l'édifice principal.

Près des fonts baptismaux, à gauche en entrant dans l'Eglise, se trouve une verrière remarquable de Lévêque, de Beauvais, où figurent saint Pierre, saint Denis, saint Rieul, patron de Senlis, saint Louis, saint Lucien et saint Remy. Dans le bas, sainte Catherine, saint Etienne, sainte Thérèse, sainte Clotilde et saint Vincent de Paul. Dans le haut, Dieu le père, Dieu le fils en croix, la sainte Vierge entre saint Joseph et saint Jean.

En face, une verrière représente la mort de saint Louis.

Au-dessus du maître-autel, un tableau de Houasse, représentant l'*Adoration des Mages*.

Laurent et Csell ont fourni les vitraux qui

sont placés à droite et à gauche de l'autel. Ils représentent, l'un la *Donation de l'Eglise par le Grand-Condé,* l'autre l'*Assomption de la Sainte-Vierge.*

Le monument, consacré aux cœurs des Condé, dû à M. Grisard, architecte, est très heureusement exécuté.

Les orgues et le chemin de la croix doivent être cités.

L'Hospice.

L'Hospice est situé presque à l'extrémité ouest de la ville. M. le duc d'Aumale, qui n'a pas oublié l'Hospice Condé dans la donation qu'il a faite à l'Institut, a contribué à son amélioration et à son agrandissement ; il a fondé une crèche pour les jeunes enfants, une salle d'asile où ils sont admis ensuite jusqu'à leur sixième année. Ceux qui ont été élevés à la crèche, arrivent ainsi à l'âge où ils peuvent fréquenter les écoles publiques, sans avoir été une charge pour leurs parents.

Il a doté de plus l'Hospice d'une école gratuite pour les jeunes filles et d'un ouvroir où elles apprennent ensuite à travailler.

L'Hospice entretient 80 vieillards des deux sexes, 40 hommes et 40 femmes, qu'on désigne sous les noms de cadets et cadettes. Pour être admis, il faut être indigent, être âgé de 70 ans et être domicilié depuis dix ans au moins dans l'une des communes suivantes : Chantilly, Apremont, Coye, Gouvieux, La Morlaye, Saint-Firmin et Saint-Maximin, et encore Saint-Léonard, mais à raison, pour cette dernière commune, de 3 vieillards et de 2 lits de malades seulement sur les 23 lits qui leur sont destinés, dont 14 pour les hommes et 9 pour les femmes.

L'Hospice est régi et administré par les personnes choisies et préposées à cet effet par M. le duc d'Aumale. L'administration, aux termes du règlement, ne peut être confiée à aucun régulier religieux, ni autres gens de communauté.

Il est sous la direction d'une sœur supérieure de Saint-Vincent de Paul et sous le contrôle d'une commission de six membres : MM. R. Clarc, administrateur du Domaine, Meunier, Comte, Lemoine, Goffard et Jules Lecerf, tous habitants de Chantilly, désignés par M. le duc d'Aumale.

Les Viaducs.

Deux viaducs ont été édifiés lors de la construction, en 1857-1858, de la ligne directe du chemin de fer de Creil à Paris, par Chantilly, inaugurée il y a plus de trente ans, le 10 mai 1859.

Celui de la Canardière se compose de 36 arches mesurant 10 mètres de longueur et $22^m,35$ de hauteur. Sa longueur totale est de $443^m,80$.

La hardiesse de cette construction ne nuit-elle pas à sa solidité?

Une surveillance active rend à coup sûr une catastrophe improbable, mais l'administration du chemin de fer du Nord est fréquemment obligée à faire des travaux importants. Ce viaduc sépare aujourd'hui les territoires de Gouvieux et de Chantilly.

Nous décrirons celui de la Reine-Blanche, sur Coye, lorsque nous conduirons le visiteur dans la vallée de la Thève.

Le Parc des Fontaines.

Sous l'Empire, Mme Recamier, cette femme célèbre par sa beauté et son esprit, dont la seule passion était de plaire et d'asservir, fut souvent l'hôte de Philippe de Fourchon, architecte de l'empereur, qui habita la maison du Parc des Fontaines.

Ce parc avait été créé par un sieur Bertaud; en s'attribuant la création de ce parc, M. Hippolyte Lecerf n'entendait parler que de la partie vendue à M. le baron J. de Rothschild. Elle se trouve sur Gouvieux, ainsi que la belle propriété du vicomte d'Hédouville, au-delà du viaduc.

Une inscription qui date de la fin du siècle dernier, ou tout au moins des premières années du XIXe siècle, ne peut laisser aucun doute sur la création du Parc des Fontaines.

Elle est gravée sur une pierre scellée sur le pignon d'une petite chaumière rustique dont la construction remonte certainement à la même époque. Elle est intéressante à connaître; nous la transcrivons sans commentaires :

> Ivre d'amour, d'orgueil et de jeunesse,
> J'ai poursuivi la gloire et le plaisir.
> Le songe enfin vient de s'évanouir,
> A mon réveil j'ai trouvé la sagesse.
> De tes grandeurs, mortel, connais le prix ;
> Le temps qui fuit t'en offre ici l'image.
> Il a frappé ces orgueilleux débris ;
> Et ce château n'est plus..... qu'un hermitage.

Quoiqu'il en soit, la propriété s'étendait jusqu'aux écluses de la Chaussée de Gouvieux. Elle fut vendue à M. Charlot, maître de poste à Chantilly. La maison qu'il y avait fait construire fut démolie par l'administration du chemin de fer du Nord en 1856.

La partie du parc sur Chantilly appartient aujourd'hui à Mme Coindet.

La Forêt.

On compte dans la forêt de Chantilly une Table et huit Croix.

La Table se trouve au carrefour du même nom, sur la route départementale, entre Chantilly et Montgrésin ; douze routes y aboutissent : la route départementale qui traverse le carrefour, les routes de Pontarmé, d'Amilliard (qu'on appelle Milliard), de Commelles, des Bruyères, des Vieilles-Garennes, d'Avilly, des Etangs, d'Hérivaux et la Vieille-Route.

La route des Vieilles-Garennes mène à Saint-Léonard. Celles de Pontarmé, de Commelles, d'Avilly, des Etangs conduisent aux endroits dont elles portent le nom. La route Milliard, qui aboutissait autrefois à la plaine des Aigles, s'arrête aujourd'hui au passage à niveau du chemin de fer ; elle passe au poteau du Parc à Pourceaux et traverse la route du Connétable. La Vieille-Route mène à la plaine de Boran ; sur son parcours elle rencontre le Pavé de Senlis, les carrefours de la Table et du Petit-Couvert, le poteau du Mont-de-Pô et les carrefours du Lièvre et de l'Epine dans la forêt du Lys. La route d'Hérivaux passe par les Etangs, qu'elle traverse sur la chaussée de Commelles, puis se dirige par le poteau des Grandes-Ventes, vers le chemin de fer, près la station d'Orry-la-Ville, pour finir au poteau d'Hérivaux, dans la forêt de Coye, à l'endroit qu'occupait autrefois l'abbaye d'Hérivaux.

Un singulier événement de chasse s'est passé

il y a quelques années, en 1883, près la route
d'Hérivaux, au carrefour Alis, dans le layon de
Bourbon.

Ce n'est pas une légende plus ou moins vraie,
mais un fait notoire d'une authenticité complète.
Le vrai peut quelquefois n'être pas vraisem-
blable.

Le bois d'Hérivaux fait partie de la location
de chasse de M. P. Aumont.

Certain jour du mois d'octobre, plusieurs personnes de Chantilly chassaient avec le propriétaire de la chasse. On avait foulé, sans succès, à
la bilbaude, une grande partie de la journée.
Désireux de ne pas rentrer bredouille, on voulut
essayer de tirer un chevreuil en battue. Il y
avait sept chasseurs; ils furent se ranger en
ligne, dans le layon Bourbon, à vingt ou vingt-
cinq mètres les uns des autres pendant que le
garde, avec ses chiens, tournait l'enceinte pour
rabattre le gibier sur les chasseurs.

A la place qu'occupait M. X''' se trouvait, en
bordure de forêt, une grosse roche, derrière
laquelle il se mit, dans d'excellentes conditions
pour attendre le gibier, sans être aperçu. Il
était à peine en place que son chien, qu'il avait
conservé avec lui, tombe en arrêt. M. X''' s'attend
à voir partir un lapin...; il ne tirera pas, il
épouvanterait le gibier que les chiens courants
allaient sans doute mettre sur pied. A ce moment,

à travers le feuillage, encore très fourni à cette
époque de l'année, il voit fuir un animal qu'il
prend pour un chevreuil, mais qu'il ne peut
tirer.

Son chien reste toujours ferme sur son arrêt,
il semble pétrifié. M. X***, très intrigué, se décide
à essayer de voir derrière l'obstacle qui le
sépare du bois ; pour ce faire, il tourne la roche
en écartant un peu les branchages qui le gênaient
et en tenant d'une seule main son fusil un peu
élevé... Il est alors violemment jeté par terre et
ne distingue qu'un corps blanc qui passe, comme
la foudre, au-dessus de lui.

M. X*** tout surpris, se relève... il se palpe...
il n'est pas blessé, il ne ressent aucun mal. Il
regarde de tous côtés, il ne voit rien. Il ne
s'explique pas sa chute. Tandis qu'il cherche
vainement les raisons de cet étrange incident,
ses compagnons de chasse, très inquiets, — ils
avaient vu tomber M. X***, — accourent et demandent ce qui est arrivé.

— Je n'en sais absolument rien, dit-il, en
riant, j'ai ressenti l'effet, mais j'ignore la cause.

Tout le monde se met à rire, lorsque le garde
Durand demande à M. X*** :

— N'est-ce pas vous qui avez tiré sur le cerf
qui a traversé le layon ?

— Je n'ai rien vu ; je n'ai pas déchargé mon
arme.

On se regarde avec étonnement, tous les chasseurs avaient entendu un coup de feu.

— Mais qu'avez-vous donc à la main, dit l'un d'eux, vous avez du sang ?

— En effet, fait M. X***, c'est un grain de plomb ; je ne m'en apercevais pas. Comment m'est-il arrivé ?

— On a tiré sur vous, dit un chasseur...

— Je ne le suppose pas...

Il raconte de nouveau son accident.

— Serait-ce une biche qui serait passée sur vous ? ajoute malicieusement un autre. On en rencontre toujours en forêt.

Décidément on se moque du chasseur, les plaisanteries vont leur train et on regarde de tous côtés dans le bois. On suppose y apercevoir une Diane chasseresse, ou une biche égarée de la ville.

Pendant ce temps, le garde Durand qui cherche l'explication de ce fait étrange s'approche de M. X*** et lui demande où est son fusil.

— Il est là...

Il regarde... on cherche avec lui... on ne trouve rien.

Le garde suit alors les traces du cerf et rapporte, au bout de quelques instants, le fusil de M. X*** dont un des chiens était forcé ; il donne alors le mot de l'énigme qu'on cherchait vainement depuis vingt minutes.

— C'est le dix-cors qui a tiré sur vous !

— Comment cela?

— L'animal était au repos, derrière cette roche, à quelques pas de sa biche ; quant au cerf, que votre chien arrêtait, il bondissait au moment où, vous portant en avant, il apercevait votre fusil, que vous teniez en l'air. L'animal passait ses andouillers dans la bretelle de votre arme ; la force, avec laquelle il vous l'arrachait des mains, vous renversait. Votre fusil, dans cette position, basculait et frappait contre les arbres, le chien s'abaissait en se forçant. De là le coup de feu que nous avons entendu.

On peut s'imaginer les rires qui accueillirent ces explications et le succès du héros de cette aventure incroyable.

Le soir même, le récit de cette chasse excentrique intéressait, en les amusant, les hôtes du château, et le duc d'Aumale, au rapport, autorisait le changement de nom du layon de Bourbon en celui de layon du Cerf-Armé, pour rappeler cette chasse absolument nouvelle, d'un chasseur atteint par un coup de feu tiré par un cerf.

La Table du Petit-Couvert (1) n'existe plus;

_____

(1) Autrefois il y avait trois tables dans la forêt, la Table, le Petit-Couvert et le Buffet, qui étaient des haltes ou relais où les chasseurs trouvaient des collations.

celle du Buffet se trouve près la Justice de Chaumontel, à l'entrée de la forêt de Coye.

On compte huit Croix dans la forêt.

La Croix de Pontarmé, édifiée en 1725, par Louis-Henri de Bourbon; elle se trouve sur la grande route de Paris à Senlis; sept routes s'y croisent : la Vieille-Route, dont nous avons déjà parlé, qui coupe en deux la forêt de Chantilly, de l'ouest à l'est; après avoir traversé le Pavé de Senlis, elle continue dans la forêt d'Ermenonville, en longeant la Butte-aux-Gendarmes, et aboutit à la Baraque-Chaâlis ou Chailly (1); elle a une longueur de dix mille huit cents mètres, en ligne droite. La route des Tilleuls, qui conduit à l'étang de Montgrésin, comblé aujourd'hui. Celle des Houys, qui mène à la rivière de la Thève, près Thiers; elle est la suite de la route du Chapitre, qui commence au bois Mousseron, où se trouvait la Justice de Chantilly, près de la Chaussée Brunehaut et de la plaine de Saint-Léonard; on arrive à la route du Chapitre par la route de l'Entonnoir, qui commence au parc de Sylvie, à la bifurcation du chemin de Senlis. Enfin la route nationale n° 17.

La Croix de l'Assemblée est près de la Table;

---

(1) Orthographe trouvée dans un livre aux armes de la maison de Condé, publié en 1733.

Celle Marquet, près de la route du Connétable, entre le carrefour de ce nom et celui du Petit-Couvert.

La Croix des Trois-Evêchés, près du carrefour du Gros-Hêtre, au bas de la route des Tombes, qui domine, en la suivant, la vallée des Etangs de Commelles; cette croix était la limite des anciens diocèses de Beauvais, Senlis et Paris; son pied formait un triangle qui avait un rayon sur chacun de ces diocèses.

La Croix de Lude est de l'autre côté de la vallée de la Thève, entre la route d'Hérivaux et le layon du Cerf-Armé, près du poteau des Grandes-Ventes.

Nous avons déjà parlé, page 74, de la Croix Jeanneton.

C'est à ces croix, alors qu'il n'y avait pas encore de routes, qu'étaient donnés les rendez-vous de chasse. Aujourd'hui la forêt est percée de nombreuses routes et layons parfaitement entretenus, et les rendez-vous sont pris, soit à un *carrefour*, soit à un *poteau*. Il y en a beaucoup en forêt. Nous nous contenterons d'indiquer les principaux :

Le poteau de Senlis, près le parc de Sylvie, sur la route départementale n° 8, où on rencontre : la route de la Fille-Morte, passant à celle des Lions, avant de rejoindre la Vieille-Route, au-delà du chemin de fer; celle de Sylvie, dont celle de l'Abreuvoir est la suite et qui conduit au château de la Reine Blanche.

Le poteau du Gâteau, ceux de l'Entonnoir, du Poteau-Neuf, de la Queue-de-Senlis, de la Vignette, ainsi que les carrefours de l'Affût-Madame, de Saint-Hubert sont à gauche de la route départementale de Chantilly à La Chapelle-en-Serval, du côté d'Avilly, de Saint-Léonard et de Pontarmé. Le poteau des Grandes-Ventes est à droite, de l'autre côté de la vallée, avant d'arriver au chemin de fer; celui de Nibert est au-delà; celui des Brûlis, vers Chaumontel, dans la forêt de Coye, le poteau du Bois-Brandin est à l'extrémité du bois de Royaumont, à l'entrée des champs de Coye.

Dans la forêt du Lys on compte trois poteaux principaux : celui de Blanchamp, ceux du Lys et de la Chaussée-du-Roi.

En remontant vers Chantilly, après avoir traversé les champs de La Morlaye, on passe, par la Vieille-Route, au poteau du Mont-de-Pô. En continuant sa route jusqu'au chemin de fer, qu'on longe sans traverser la voie, on arrive au carrefour du Gros-Hêtre. Celui du Clos-de-Labarre, où finit la route des Lions, est un peu plus au midi. De l'autre côté de la ligne, au-delà de la route des Tombes, on rencontre le poteau des Étangs et, plus loin, celui du Parc-à-Pourceaux. Le carrefour du Duc d'Enghien est plus au nord, ainsi que le carrefour Rose, traversé par la Vieille-Route et celle de l'Abreuvoir.

Le carrefour des Aigles est près de la route nationale, au bois Bourillon, en face la gare ; c'est le rendez-vous des bébés. Celui de Diane est, près l'avenue du Château, à l'extrémité est de la Pelouse. C'est là que commence la route des Postes, qui aboutit à celle de la Côte de La Morlaye. C'est une magnifique allée, dont le milieu est gazonné ; elle est très fréquentée par les promeneurs.

Un village ou une ville ont, à coup sûr, existé sur les bords de la vallée de la Thève ; il n'est pas facile de préciser la date ; cependant, on trouve encore aujourd'hui, près de la route des Tombes, des tuiles bien antiques et des débris de silex taillé remontant aux Romains. Des constructions très-anciennes y existaient, avant même la conquête des Gaules par Jules-César ; le nom donné à la route des Tombes provient des tombeaux qu'on y a découvert jadis.

Nous avons donné les étymologies de plusieurs routes de la forêt ; les layons Toudouze, Amilliard (Milliard), Nibert, Belleval, et d'autres, sont les noms de gentilshommes de la maison de Condé. La route d'Hérivaux tire sa dénomination de l'abbaye de ce nom qui se trouvait près de Coye.

Au moyen de la carte de Chantilly, et des

renseignements que nous donnons, nos lecteurs
pourront facilement parcourir la forêt. Il nous
reste à leur faire connaître sommairement les
environs de Chantilly. L'abbé Eug. Müller a
publié un *Guide dans les rues et environs de
Senlis,* édité chez M. Ernest Payen, en 1887.
Ce livre est l'œuvre d'un érudit, et il contient
sur les environs de Chantilly et de Senlis des
renseignements précieux et intéressants ; nous
ne pouvons mieux faire que d'engager nos
lecteurs à le consulter.

QUATRIÈME PARTIE

Promenades. — Excursions.

Indépendamment des promenades et excursions à faire en forêt, soit à pied, soit à cheval (nous ne conseillons pas les voitures, parce que certaines routes sablonneuses rendent souvent pénible le travail des chevaux), il y a d'autres excursions qu'on peut faire en voiture, et les loueurs de Chantilly, avec lesquels il est toujours préférable de s'entendre préalablement, ont tous les clefs des barrières. Pour en avoir une à soi, il faut s'adresser à l'administration du Domaine.

Il n'y a pas de tarif pour les voitures.

Une des plus pittoresques promenades est celle de la vallée de la Thève.

Vallée de la Thève.

Le layon Toudouze, qui était devenu une fon-
drière, alors que les chevaux à l'entraînement
étaient autorisés à le parcourir, y mène en droite
ligne.

Aujourd'hui, cette route, qui était le chemin
le plus court pour aller à l'exercice, soit au carrefour du Connétable, soit au Petit-Couvert, est
interdite aux chevaux à l'entraînement. Elle
traverse la route Milliard et celle des Lions, et
elle réservée pour les piétons et les cavaliers
isolés. Le layon qui a 3.500 mètres de longueur,
du carrefour des Aigles, où il commence, à la
route des Tombes, où il aboutit, va devenir une
route délicieuse à parcourir pour les promeneurs.

Les voitures suivront plus facilement les routes
qui longent le chemin de fer, pour se rendre aux
étangs.

La Thève coule au milieu d'un étroit vallon,
dominé par de magnifiques futaies de hêtres et de
chênes, qui rappellent les plus beaux sites des
Vosges ou des Pyrénées. La rivière forme les
étangs de Commelles.

Ils tirent leur nom d'un ancien village, situé
près de Montgrésin, qui dépendait de l'abbaye
de Chaâlis ou Chailly, sur le territoire d'Orry-

la-Ville. Commelles n'a de remarquable que sa Lanterne des Morts. Les bâtiments, occupés aujourd'hui par des gardes de la forêt, ont servi à cuire des carreaux émaillés, vers le XIIIᵉ siècle.

La lanterne s'élève sur quatre larges piles séparées par sept baies, ayant la forme d'arcs de cercle et couronnées par une pyramide, au faîte de laquelle, avant J.-C., des feux nocturnes étaient allumés pour éclairer les voyageurs.

Les trois étangs successifs sont entourés et coupés par des chaussées bien entretenues. Sur l'une d'elles, faisant face au dernier étang, s'élève le château de la Reine-Blanche.

Une tradition qui est loin d'être authentique, attribue à la Reine Blanche de Navarre, femme de Philippe de Valois, la construction d'un château sur l'emplacement du pavillon qui existe aujourd'hui. Ce qui paraît certain, c'est qu'après avoir appartenu, en 1227, aux religieux de l'abbaye de la Victoire, près Senlis, les étangs et la prairie qui longe la rivière passaient, en 1293, aux mains, d'abord des seigneurs de Viàrmes, puis à celles de la seigneurie de Coye. En 1701, seulement, la maison de Condé en devenait propriétaire.

Un peu plus loin que le château, traversant la vallée, se trouve le viaduc de Commelles ou de la Reine-Blanche, sur le chemin de fer de Creil à Paris. Rien de plus impressionnant que le passage d'un train lancé à toute vapeur sur cette route aérienne à 39 mètres 24 centimètres de hauteur.

Ce viaduc, construit en 1857-1858, se compose de 16 arches mesurant 19 mètres d'ouverture. C'est, sans conteste, un admirable travail, d'une légèreté incomparable, d'un effet plus grandiose que celui de la Canardière, dont il a les inconvénients.

En suivant la vallée de la Thève, on arrive à Coyé (station d'Orry-la-Ville), puis, dans le département de Seine-et-Oise, à Baillon et à Royaumont, deux coquets villages dont le dernier est célèbre par l'abbaye construit par saint Louis.

On reviendra à Chantilly en rentrant dans le département de l'Oise par la route de La Morlaye, à l'entrée de la forêt du Lys, où on rencontrera la route nationale n° 16. On trouve à La Morlaye, indépendamment d'un château royal, quelques écuries importantes, dont la plus ancienne est celle de M. Ch. Pratt, entraîneur actuel du prince d'Arenberg et du marquis de Juigné, après avoir été celui du major Fridolin, et, après Henri Jennings, celui du baron de Nivière.

Autrefois on pouvait déjeuner chez le garde qui demeure près du château de la Reine-Blanche, mais aujourd'hui l'autorisation, de servir à boire et à manger, lui a été retirée. Pour faire cette excursion complète en une seule fois, il faudra partir après déjeuner pour rentrer dîner chez soi. L'excursion, en voiture, ne demande pas plus de six à sept heures, avec plusieurs haltes; le parcours est à peu près de 25 kilomètres.

Gouvieux.

Nous savons que la ville de Chantilly est de création récente (deux siècles à peine), qu'elle s'est fondée sur un territoire dépendant anciennement de Gouvieux. En 1692, puis en 1859, elle obtenait de cette dernière commune des concessions de territoire. La prospérité de la ville de Chantilly est loin de nuire à celle de la commune de Gouvieux; elle fait au contraire la fortune de ses habitants. N'y trouvent ils pas, comme ceux des autres communes environnantes, à très bon compte, d'excellents engrais pour leurs terres ? de plus ne vendent-ils pas très cher, à Chantilly, tous leurs produits ?

Aujourd'hui, la ville est en instance pour obtenir de Gouvieux une nouvelle cession de territoire.

L'obtiendra-t-elle? Si on ne consultait que l'intérêt général et celui des personnes propriétaires sur Gouvieux, se disant habitants de Chantilly, nul doute.

Les chemins, qui devraient être des rues, sont

8.

mal entretenus; ils ne sont pas éclairés le soir,
ils sont cependant habités et fréquentés.

Les dérangements auxquels sont astreints les
propriétaires pour se rendre à la mairie de leur
commune, ne sont-ils pas préjudiciables à leurs
intérêts, à cause de la distance?

Les raisons qui militaient en faveur de la
création d'une nouvelle paroisse, en 1692, et
d'une augmentation de territoire, en 1859, ne
sont-elles pas aujourd'hui plus concluantes qu'à
ces époques?

Les établissements d'entraînement n'iront pas
s'établir de l'autre côté de Gouvieux, vers Précy
et Boran, au moins quant à présent; s'ils pro-
fitent des mêmes avantages que ceux qui se
trouvent sur Chantilly, n'est-il pas équitable
qu'ils aient les mêmes charges?

Les limites naturelles du territoire de Chantilly ne sont-elles pas : la Vieille-Route, le
chemin des Vaches, la route de la Chaussée et
le vieux chemin de Gouvieux à Senlis?

La demande actuelle de la ville de Chantilly
n'est pas suffisante.

Si Chantilly n'était pas devenu commune
depuis deux siècles, il ne serait encore qu'un
hameau dépendant de Gouvieux, comme La
Chaussée, Les Carrières, Chaumont et Toutevoie.
Aujourd'hui le hameau aurait plus d'importance
que la commune, et il suffirait du vote des élec-

teurs pour changer la mairie de place, pour obtenir même que le nom de Chantilly soit substitué à celui de Gouvieux.

Evidemment des modifications de ce genre auraient, depuis longtemps déjà, été proposées et acceptées.

Les mœurs, les habitudes ne sont pas les mêmes dans les deux communes : Gouvieux produit, Chantilly consomme. Si l'octroi est inutile et même préjudiciable aux intérêts des agriculteurs, des maraîchers, des ouvriers qui sont le plus grand nombre à Gouvieux, il est nécessaire et juste à Chantilly qui est une ville de luxe et de plaisir. Elle compte une population flottante et étrangère presqu'égale au nombre de ses habitants sédentaires. Il nous paraîtrait donc juste, dans l'intérêt de tous, qu'une délimitation rationnelle de territoire vînt attribuer aux deux communes, aujourd'hui distinctes, une part de celui qui jadis était commun. C'est un partage de famille qui ne lèse les intérêts de personne.

L'excursion dans la vallée de la Nonette, où nous allons conduire nos lecteurs, démontrera jusqu'à l'évidence, que Gouvieux contient surtout une population de travailleurs qui n'a ni les mêmes besoins, ni les mêmes goûts que celle de Chantilly.

Vallée de la Nonette.

En descendant la rue de Creil, on traversera la Canardière et la rivière de Nonette sur le pont du Roi, dont la construction, par *Peyronnet*, architecte du pont de Neuilly, remonte à 1780 environ, pour arriver devant les Usines.

Leur entrée est une porte monumentale, avec une voûte décorée de seize rosaces, soutenue par quatre colonnes ioniques. Les usines créées par Richard Lenoir n'existent plus ; la propriété appartient au Domaine et était louée à M. Paul Souchier, maire de Chantilly, décédé dans le courant de mars 1891.

Après avoir été filature de coton, fabrique d'impressions sur étoffes, elles redevinrent, après la chute du premier Empire, ce qu'elles étaient avant la Révolution, fabrique de faïence et de porcelaine. Sous le second Empire, une fabrique d'aiguilles vint s'y installer, à laquelle succéda une fabrique d'acier.

Depuis la guerre de 1870, les Usines n'ont plus été habitées industriellement.

La porte des Usines se trouve en face la rue de la Chaussée. On prendra cette route, que la commune de Gouvieux ne peut pas entretenir dans un état de viabilité convenable. (1).

Après le viaduc de la Canardière, on a, sur le plateau, qui domine la route, à droite, la salle Thomas, terrain d'entraînement particulier, appartenant à M. le comte Le Marois, et, le long du chemin de fer, un autre petit terrain pour les chevaux d'obstacles.

A gauche, on aperçoit, de l'autre côté du canal, le magnifique château des Fontaines, de M⁽ᵐᵉ⁾ la baronne James de Rothschild.

Avant d'arriver à la belle prairie de M. Paul Aumont, on passe devant le moulin Pigeau qui tombe en ruine. C'est là, pendant la Révolution, qu'habitait le malheureux Pigeau, victime de l'effervescence populaire. La chaussée, qui traverse cette propriété, était la limite de la Canardière, aux écluses de Gouvieux. Après avoir été une trentaine d'années filature de laine, le moulin a été abandonné et la propriété, louée à M. le vicomte d'Hédouville, sert de vacherie et de laiterie.

---

(1) On pourrait peut-être faire le même reproche à Chantilly, pour certaines rues qui lui appartiennent aujourd'hui, par suite d'une prescription légale. Depuis trente ans, elle perçoit les contributions, en échange desquelles elle ne donne rien, absolument rien.

Dans le hameau de la Chaussée, demandez à visiter le jardin d'horticulture de M. Masson, et au bout de la propriété de ce dernier l'établissement de MM. Heurteaux et Cie. On peut compter sur la courtoisie des propriétaires.

Le jardin de M. Masson est séparé de la prairie de M. Aumont par la rivière, il est très remarquable. M. Ernest Masson, ancien maire de Gouvieux, père du propriétaire actuel, l'a créé entièrement : constructions, plantations. Il y a des espaliers de toute beauté, des arbres à fruit d'une vigueur peu commune, des serres magnifiques. M. Ernest Masson a été l'architecte paysagiste du parc de la baronne James de Rothschild.

L'établissement de MM. Heurteaux et Cie est situé au fond d'un ravin très mouvementé, baigné par la Nonette dont l'eau a été tant vantée par les poètes, qui ont chanté Chantilly, et dont le poisson abondant, goujons, perches, anguilles et brochets, est toujours apprécié des gourmets.

Un ancien monastère, dont la construction, prétend-on, remonterait à saint Louis, sert de magasin. Les murs ont plus de deux mètres d'épaisseur et sont maintenus par des contreforts de un mètre. Une légende rapporte que ce monastère correspondait autrefois, par des souterrains, avec l'abbaye de Royaumont d'un côté et avec Senlis de l'autre. Il y a bien, en effet,

sùr la rive gauche de la rivière, à un endroit
aujourd'hui peu accessible, au dessous d'une
maison édifiée récemment, un escalier monumental, d'une construction très ancienne et
cependant très bien conservée. Il conduit à une
cave qui a pu être, ou qu'on a pu prendre pour
le commencement d'un souterrain. Depuis, des
éboulements se sont-ils produits ? Nous devons
ajouter que nous nous rappelons parfaitement
avoir entendu dire, il y a longtemps déjà, par des
anciens du pays, qu'ils avaient parcouru ces
souterrains, non pas jusqu'à Royaumont ou
Senlis, mais sur un parcours de plus de cent
mètres. Nous nous contentons de rapporter le
fait.

Quoiqu'il en soit, le monastère, malgré les
ruines de ses dépendances qui attestent l'ancienneté des constructions restées debout, est intéressant à visiter, et la propriété se trouve dans
une situation ravissante.

Le cours capricieux de la rivière a créé une
certaine quantité de petites îles, qui sont autant
de nids de verdure, reliés entr'eux par des ponts
rustiques du plus gracieux effet.

Ces îles, ces ponts, dans un charmant bocage,
ont inspiré le tableau que tout le monde connaît,
que la gravure a consacré : le *Droit de Péage.*

M. Charles Gruhier, l'ancien propriétaire, a
capté, sur la rive droite de la rivière, dans une

ceinture de rochers, rappelant un cirque antique, une source d'eau ferrugineuse dont tous les habitants de la Chaussée, depuis un temps immémorial, connaissaient l'existence.

L'eau en est digestive et rafraîchissante ; les constatations scientifiques remarquables, dont elle a été l'objet, avant d'entrer dans l'alimentation, l'accueil que l'*Eau de Chantilly* a reçu du public depuis que la source est exploitée ont définitivement consacré ses qualités. Il serait superflu d'insister.

Le chalet qui abrite la source avec son canon et ses obus de chute, souvenirs de 1870, par lesquels l'eau jaillit, ainsi que le temple de fer, qui sert de réservoir, sont assurément l'œuvre d'un artiste et d'un homme de goût.

Un jardin coquet, un petit bois de sapins, une prairie en bordure de rivière, complètent cette magnifique propriété que tout passant désire voir et que tout visiteur voudrait habiter.

En sortant de l'établissement de MM. Heurteaux et Cie, on longera la chaussée romaine qui conduit au Camp de César et au chemin vert, qui est la vieille route de Gouvieux à Senlis.

Les Romains avaient trouvé, à la rencontre de ces routes et à l'ouest, « une assiette favo- « rable pour fixer l'établissement de l'un de ces « camps par lesquels ils surveillaient leurs con- « quêtes ; l'on retrouve encore le talus et le

« fossé qui, séparant de la plaine la pointe du
« triangle, contribuaient avec l'Oise et les ma-
« rais de la Nonette à enclore solidement la
« station. Par dessus la sente raide et les eaux
« jaunâtres de l'Oise, un majestueux panorama
« se déroule; à gauche, Précy; Toutevoie, près
« de l'embouchure de la Nonette; devant, Saint-
« Leu, avec son abside fière et sa très noble nef;
« à droite, les fumées de Montataire que do-
« minent de leur séjour de paix le château et
« l'église (1). »

Après avoir parcouru le Camp de César, dont
la longueur est de sept cents mètres et la largeur moyenne de cinq cents mètres, on descen-
dra à Chaumont par le hameau des Carrières; on
jettera, en passant, un coup d'œil sur les habitations primitives des habitants et sur les cham-
pignonnières importantes dont les produits sont
excellents.

Rien d'intéressant à signaler dans Chaumont,
qui, comme le hameau des Carrières et comme
Toutevoie, dépendent de Gouvieux, que la Couture, où existe depuis plus de trois quarts de
siècle une filature de laine. C'est à la Couture
que les premiers Mull-Jenny (métier à filer)
furent montés.

---

(1) L'abbé Eug. Müller.

En suivant la route, qui conduit au village, on rencontre l'Eglise, elle n'a rien de saillant, et on arrive au chemin de grande communication n° 21, qui, de Gouvieux, conduit à Chantilly.

Le chemin parcouru aura été de quinze kilomètres environ.

Sur la route de Précy, au lieu dit la Cave, se se trouve le château de M. Amic, dont le père, ancien maire de Gouvieux, a donné son nom à la place, en face la Mairie.

Autres excursions.

L'excursion à Saint-Leu (1), Montataire et Creil, par Saint-Maximin, ne peut pas se faire à pied, on doit compter sur un trajet de vingt-cinq kilomètres au moins, surtout si l'on s'arrête à Laversine pour y visiter la propriété princière de M. le baron Gustave de Rothschild et les carrières renommées de Saint-Maximin.

---

(1) Nous engageons le touriste qui se rendra à Saint-Leu-d'Esserent, à visiter l'Eglise, classée au nombre des monuments historiques, et à demander à descendre dans les cloîtres. Ils sont intéressants à étudier; leur origine se perd dans la nuit des temps. Ils appartiennent à M. Decrette.

Le chemin de fer mène à Senlis, distance de Chantilly, vingt-deux kilomètres. C'est une ville très ancienne que les amateurs d'archéologie feront bien de visiter en détail avec le livre de l'abbé Müller dont nous avons parlé.

FIN

Annuaire de Chantilly.

VILLE DE CHANTILLY

Municipalité.

Maire, M.   ; Adjoints, MM. Coqueret et Meunier ; Secrétaire, M. Hémet.

Conseillers municipaux.

MM. Tantost, Toupet, Chaalon, Comte, Sainte-Beuve, Lemoine, Durand, Jules Lecomte, Barbier, Lefebvre de Lafargue, Douin père, Lhuillier, Paquier, horloger, Bocquet, Perdrigeon, Vallon, Aumont fils, Poiret, Dufflocq, Gentil.

Secrétaire de la Mairie.

M. Peltier.

Caisse d'épargne.

Bureau principal à Senlis ; succursale à la Mairie de Chantilly.

(Bureaux ouverts tous les jours, de midi à deux heures ; M. Peltier, receveur).

Percepteur.

M. Briez, Grande-Rue, 60.

(Bureau ouvert de neuf heures du matin à trois heures du soir).

Receveur buraliste.

M. Galopin, Grande-Rue.
(Bureau ouvert de 10 h. du matin à 4 h. du soir).

Receveur municipal.

M. Théroine, Grande-Rue, 48.

Receveurs d'octroi.

MM. Farcy, 1er bureau, avenue de la Gare.
Coiffé, 2e bureau, avenue de Creil.
Bruxelles, 3e bureau, route de Vineuil.

Agent de police.

M. Véchart.

Postes et Télégraphes.

MM. Luccioni, receveur, hôtel de la Poste.
Obin, surnuméraire, place de l'Hôpital, 9.
Goblet,   id.   Grande-Rue, 69.
Vezins,   id.   impasse de l'Hôpital.
Caudry, entreposeur de dépêches en gare,
      Grande-Rue, 50.
Chaudron, facteur des postes, Grande-Rue, 37.
Goetz,   id.   rue de la Machine.
Talma,   id.   rue de Creil, 22,
Florentin,   id.   Grande-Rue, 50.
Benoît,   id.   id.   72.
Bureau, facteur des télégraphes, rue de Creil, 6.
Milcent,   id.   Grande-Rue, 80.
Dupuy,   id.   Route de Creil, 1.
(Les Bureaux sont ouverts du 1er Mars au
1er Octobre à 7 heures du matin et fermés à 9 heures
du soir, et du 1er Octobre au 1er Mars, de 8 heures
du matin à 9 heures du soir).

Gare de Chantilly.

MM. Lamarche, chef de gare, à la Gare,
Cambon, receveur à la petite vitesse, rue d'Aumale.
Harouel, receveur à la grande vitesse, avenue de la Gare.
Obry, surveillant, à la Gare.
Barant, surveillant, avenue de la Gare.
Mme Obry, receveuse, à la Gare.
Ladame, employé, avenue de la Gare.
Denis, employé, rue de Gouvieux.
Bacquet, employé, rue d'Aumale.
Demaux, employé, avenue de la Gare.
Poidevin, employé du mouvement, pass. à niv.
Dwary, aiguilleur, à Gouvieux.
Chavigny, aiguilleur, à Apremont.
Petit, aiguilleur, quai de la Canardière.
Dupuis, aiguilleur, rue de la Machine.
Wagnet, aiguilleur, à Avilly.
Bongniet, aiguilleur, quai de la Canardière.
Malewsky, facteur, rue de Gouvieux.
Vilain, facteur, rue d'Aumale.
Eloy, sous-chef de m^{es}, quai de la Canardière.
Barant, employé stagiaire, avenue de la Gare.

Gendarmerie.

Maréchal-de-logis, M. Larouzé, et quatre gendarmes à cheval.

Clergé.

MM. Corbel, curé.
Mallet, vicaire.
l'abbé Bazin, aumônier de l'Hospice.

Ecole communale laïque.

Directeur, M. Lefèvre.

Instituteurs stagiaires, MM. Paquier et Loisel, rue d'Aumale.

Ecole chrétienne des Frères.

Directeur, M. Sandré, Grande-Rue.

Ecole communale des Filles.

Directrice, Mlle Rauscher, avenue des Réservoirs.

Pensionnat des Dames de Saint-Joseph.

Grande-Rue, 19.

Ecole des Filles.

Hospice de Condé.

Asile.

Hospice de Condé.

Crèche.

Hospice de Condé.

Ecole anglaise.

Directrice, Mlle Baines, Grande-Rue.

Docteurs-Médecins.

MM. Chaumel, Grande-Rue.

Maurat (Amédée), Grande-Rue, 100.

Giraud (Paul-Henri), Grande-Rue, 48.

Pharmaciens.

M. Durr (ancienne maison Chevalier) : Médicaments de 1er choix ; spécialités françaises et anglaises ; place de l'Hôpital.

Vétérinaires.

M. Chapart, impasse des Potagers ; grand Hôpital vétérinaire.

M. Milton, rue d'Aumale.

Sages-Femmes.

Mme Hesse, Grande-Rue.

Mme Dabrigeon, place de l'Hôpital.

Géomètre.

M. Réthoré, Grande-Rue.

Notaire.

M. Balézeaux, Grande-Rue.

Huissier.

M. Hémet, avenue des Réservoirs.

Usine à gaz.

Rue des Cascades. Directeur, M. Marle de Rivery.

Abattoirs.

Avenue de Creil.

Architectes.

MM. Gobet, rue des Cascades.

Noël, Grande-Rue.

Théâtre.

Grande-Rue. Propriétaire, M. Pionnier.

Marchés.

Tous les mercredis, place de l'Hôpital, et tous les samedis, place de l'Eglise.

9.

Compagnie de Sapeurs-Pompiers.

MM. Barbier, sous-lieutenant.

Douin père, sergent-major.

Toupet, sergent-fourrier.

Société de l'Arbalète.

MM. Sainte-Beuve, capitaine.

Barbier, secrétaire.

Dufflocq, sergent.

Société du Tournoi.

M. Courboin, commandant.

Compagnie des Chevaliers d'arc.

Musique municipale.

Chef : M. Lemée.

Société de Tir.

Président d'honneur : M. Paul Aumont.

Commissaires chargés de la surveillance et de l'entretien de la Pelouse et du Terrain d'entraînement.

MM. H. Delamarre.

le baron Schickler.

P. de Salverte.

le comte de Berteux.

Syndicat de Chantilly.

MM. F. T. Mackmurdo, clergyman.

Lecarpentier.

John Baines.

G. Odiot.

A. Meunier.

Garde des Terrains.

M. F. Young, rue d'Aumale.

Achats, Ventes et Locations de Propriétés.

Chailly, rue des Fontaines.

Armuriers.

Morel (Jean-Arthur) : Armes de chasse et de tir, réparations et transformations; Grande-Rue, 72.

Robillard, rue de Paris.

Grands bains de Chantilly.

Multignier : Hydrothérapie, bains de vapeur, bains médicinaux; Grande-Rue, 8.

Bars.

Goddart (F.) : Café, restaurant Indiaman bar; place de l'Hôpital.

Taverne anglaise, restaurant Best brifich et american Drinks dried fish from billingegate Dutch native oysters delivered opened English style at short notice; rue d'Aumale

Robert Richards : Taverne, restaurant anglais; Grande-Rue, 37.

Blanchisseurs.

Faligon, rue du Viaduc.

Daly, rue des Cascades.

Bonnetiers.

Champin (Etienne-Jacques) : Clouterie, mercerie, lingerie, corsets et jouets; avenue de la Gare, 2.

Dugardin, place du Marché.

Boulangers.

Béry (Léon) : Pains viennois et fantaisie; Grande-Rue, 64,

Drugeon (André) : Pains de gruau ; Grande-Rue, 24.

Feutry (Ernest) : Croissants et pains aux raisins ;
     rue de Creil, 24.

Gilles (Léon), rue de Paris.

Bouchers.

Duchauffour (Louis), avenue de la Gare.

Lamarre, Grande-Rue.

Lefèvre, rue de Paris.

Boutons.

Taupin (Félix), fabricant de moules à boutons ;
     Grande-Rue, place du Marché.

Bureau de placement autorisé pour Dames et Demoiselles.
(English spoken).

Mme veuve Goujon, place de la Gendarmerie.

Buvette.

Buvette de la Pelouse : Deaubonne (Alfred), mar-
     chand de vins, liqueurs, bière de Saint-
     Valery ; Grande-Rue, 63.

Brasseurs.

Delvigne, rue de Creil.

G. Piedloup : Bière double et simple, en fûts et en
     canettes ; rue de la Canardière.

Cafetiers.

Dohet : Café du Chemin de Fer, place de la Gare.

Pionnier (Alexandre-Michel) : Bals, théâtre, con-
     certs, restaurant ; traite à forfait pour repas
     de société ; salle pour 300 couverts ; Café du
     Théâtre, Grande-Rue.

Leclerc : Café de la Gare, place de la Gare.

Carrossier.

Barbier (Gabriel) : Construction de voitures en tous genres; spécialité de voitures à poneys. Echange et réparations; avenue de la Gare.

Cartonnage.

Davenne (Léopold) : Cartonnage pour boîtes à boutons et brosserie, cartons de bureaux, etc. ; impasse du Potager, 7.

Charcutiers.

Boudet (Auguste) : Comestibles et conserves alimentaires ; rue de Paris, 9.

Delaunay (Gustave) : Comestibles; Grande-Rue, 27.

Desmonts.

Chantiers de Bois et Charbons (gros et détail).

Chantier de la Machine : Veuve Boyelle et Havy; rue des Cascades.

Chantier du Réservoir : Faucheux-Casse; Coke, briquettes, margotins, fagots, charbon de terre français, anglais et belges.

Chantier de la Porte-Saint-Denis : A. Chaalon et veuve Ravier; avenue de l'Abreuvoir, 4.

Chaudronniers.

Veuve Citerne : Poëles, articles de ménage, réparation et rétamage; place de l'Hôpital, 14.

Ringard ; Grande-Rue.

Confections et Nouveautés.

Caillotin (Auguste) : Chapellerie, ganterie et confections pour hommes et enfants; rue de Paris, 8.

His (Gaston) : Le plus ancien magasin de nouveautés de Chantilly, recommandé pour les importantes fournitures de toiles. Maison absolument de confiance.

His (Lucien) : A la Belle Jardinière. Maison de confiance. Confections pour hommes et enfants. Spécialités d'articles anglais à prix très modérés. Chapeaux, chemises et chaussures, etc. Vêtements sur mesure, culottes et guêtres.

Veuve Morin-Lefèvre; Grande-Rue, 112.

Poizot : Confection pour hommes, dames et enfants. Rouennerie. Maison recommandée pour sa lingerie fine et ses toiles. Chaussures en tous genres; Grande-Rue, 43.

Coiffeurs.

Allier : Parfumerie. Dépôt des produits dentifrices d'Audy, de Senlis (English spoken). Brosserie et éponges fines; Grande-Rue, 60

Lamotte (Léon) : Parfumerie. Eponges et brosserie fine; rue de Paris, 16.

Pannetier; Grande-Rue et rue de Paris.

Cordonniers.

Bitsch (Jules) : Spécialité de bottes de courses. Cordonnerie anglaise et française; Grande-Rue, 102.

Bouchez.

Douin (Eugène) : Chaussures sur mesure, en tous genres; Grande-Rue, 39.

A. Schœffler.

Couturières.

Genêt (Mme Emélie) : Robes et confections; Grande-Rue, 12.

Courtiers en Marchandises.

Dhuicque, avenue de l'Abreuvoir.

Mangeot : Vins et liqueurs ; rue de Paris, 8.

Eaux minérales.

Courboin-Delacour : Eau de seltz, limonade, sirops. Dépôt des eaux de Chantilly, Vals, Vichy, Saint-Galmier, Pougues, etc. ; place de l'Hôpital.

Electricité.

Cordier, élève de la maison L. Mors, de Paris : Sonneries et signaux électriques ; téléphones, microphones (entreprise à forfait).

Electriseur.

M. Potin : Massage électrique ; rue des Fontaines, 1.

Entraîneurs.

MM. le baron de Saint-André, chez lui, à Lamorlaye.

Archer, chez M. Ephrussi, à Chantilly.

C. Bartholomew, chez lui, id.

Ch. Bartholomew, chez M. le comte Le Marois, à Chantilly.

E. Bartholomew, chez lui, à Chantilly.

W. Bartholomew père, chez lui, id.

Bishop, chez lui, id.

A. Carratt, chez M. Delattre, id.

W. Carter junior, chez M. le baron de Soubeyran, à Chantilly.

T. Carter, chez lui, à Chantilly.

Fred Carter, chez M. Aumont, à Chantilly.

Rich. Carter, chez lui, id.

T.-R. Carter père, chez M. Delamarre, à Chantilly.

MM. W. Carter, chez lui, à Chantilly.

R. Carter, chez lui,   id.

Cassidy, chez lui,   id.

J. Cole, chez lui,   id.

Collins, chez lui, rue des Cascades, à Chantilly.

Count, chez lui,   id.

G. Cunnington, chez M. Michel Ephrussi, à Chantilly.

T. Cunnington, chez M. de la Charme, à Chantilly.

Ch. Cunnington, chez lui, à Lamorlaye.

E. Cutler, chez M. Ridgway, à Chantilly.

Gertner, chez lui, à Lamorlaye.

E. Gibson, chez M. Coleman, à Chantilly.

H. Gibson, chez lui,   id.

Goddart, chez lui,   id.

Hardy, chez lui,   id.

Hudson, chez lui,   id.

Hunter, chez lui,   id.

Hurst, chez lui,   id.

Lainel, chez M. Dervillé,   id.

Lavis, chez lui, à Lamorlaye.

T. Lane, chez lui, à Chantilly.

J. Lane, chez lui,   id.

Lansdell, chez lui, à Lamorlaye.

F. Lynham, chez M. le baron G. de Rotschild, à Chantilly.

Mac-Ormick, chez la reine de Naples, à Chantilly.

J. Madge, chez lui, à Chantilly.

J. Marsh, chez lui,   id.

Mitchell, chez M. le comte de Ganay, à Chantilly.

MM. Newling, chez lui, à Chantilly.

Planner, chez M. le comte de Berteux, à Chantilly.

Ch. Pratt, chez M. le comte de Juigné, à Lamorlaye.

E. Rolfe, chez lui, à Chantilly.

Rowel, chez lui, à Gouvieux.

Stern, chez lui, à Chantilly.

Stripp, chez lui, à Gouvieux.

Summers, chez lui, à Chantilly.

Thorpe, chez lui,   id.

Ward, chez lui,   id.

Ware, chez lui,   id.

Webb, chez M. le baron Schickler, à Chantilly.

Wheeler, chez M. Camille Blanc, à Lamorlaye.

Wood, chez M. le baron de Rotschild, à Chantilly.

Entrepreneurs de

Charpentes.

Hédouin, rue des Cascades.

Robin : Bois de construction ; chantier de la Machine, rue des Cascades.

Lavallée, avenue de Creil.

Couvertures.

G. Borniche, rue de la Machine.

A. Drugeon, Grande-Rue, 10.

Maçonnerie.

Bonnet fils, marbrier, Grande-Rue, 79.

Perpette (Ernest), rue Saint-Laurent.

Pinçon.

Tantost (Léopold), rue des Cascades prolongée.

Menuiserie et Ebénisterie.

Barrat, rue de la Machine.

Bonnet (Ch.) : Outillage mécanique ; scies à rubans et scies circulaires ; outils de moulures ; machines à vapeur ; Grande-Rue, 80.

Boulet (Polydore).

Gaspart.

Goyard.

Hanuche.

Nicque.

Pinson.

Quivit.

Serrurerie.

Cordier : Sonnerie et signaux électriques, lumière et téléphones ; Grande-Rue, 72.

Drouart.

Noé.

Toupet (Eugène) : Installation de sonnerie électrique et de téléphones (maison fondée en 1666) ; Grande-Rue, 54.

Peinture et Vitrerie.

Caboche–Bonnet : Encadrements en tous genres ; place de l'Hôpital, 2.

Pinçon (Alexandre) : Magasin de papiers peints ; Grande-Rue, 55.

Sainte-Beuve : Magasin de papiers peints, décors ; rue d'Aumale.

Borde, rue de Creil.

Epiciers.

Doré : Article de Paris et Anglais, tabac, vins et liqueurs ; rue de Paris, 1.

Veuve A. Fouet : Epicerie de choix, vins fins, articles anglais; Grande-Rue, 5.

Lambert (Edouard) : Recommandé comme épicerie et vins.

Epicerie nouvelle, rue de Paris, 12.

Rubé-Boquet : Epicerie parisienne, vins en gros, vins fins et spiritueux, couleurs, vernis, brosserie, éponges et plumeaux ; Grande-Rue, 18.

Epiciers-Fruitiers.

Gillon, rue de Creil.

Lemaitre, Grande-Rue.

Epiciers-Marchands de Vins.

Bazin (Louis) : Vins, liqueurs, tabac ; Grande-Rue, 10.

Carré (Louis-Charles) : Commerce de vins et épicerie ; rue de Creil, 22.

Lemaitre (Armand) : Vins et gibier ; Grande-Rue, 90.

Petit (Armand) : Vins ; Grande-Rue, 120.

Escrime.

Veyret, ex-adjudant-professeur, Grande-Rue, 4.

Fleuristes-Pépiniéristes.

Aubin (Camille) : Spécialité pour la décoration des jardins, plantes en tous genres.

Spitznagrel (François), décorateur de jardins d'hivers et de salon. Bouquets à la main.

Lhuillier.

Fumistes.

Grande-Rue.

Grainetiers.

Dufflocq (Rodolphe) : Grains, graines, issues et fourrages; gros et détail.

Petit (Jules) : Graineterie nouvelle, fourrages, grains et graines, gruaux, farines et issues ; rue de Creil, 26.

Gymnastique.

A. Lemaître, Grande-Rue, 90.

Hôtels.

Hôtel d'Angleterre, recommandé aux familles; tenu par Chocart-Gouverneur.

Hôtel d'Albion, place de l'Hôpital; tenu par Th. Johnson.

Hôtel du Centre, place de l'Hôpital.

Hôtel Lefort; Marchand (E.), successeur, place de l'Hôpital, 10.

Delacour. Hôtel et Restaurant, avenue de la Gare.

Dohet. Hôtel du Nord ; tabac et débit.

Horlogers-Bijoutiers.

Delaspralières, place de l'Hôpital, 1.

Diriquen (Henri), Grande-Rue, 103.

Paquier (Honoré), ancienne maison Laville, Grande-Rue, 46.

Jockeys.

Aston, à Chantilly.

Bartholomew (Georges), à Chantilly.

Bishop,   id.

Boon,   id.

Bowen,   id.

Brockell,   id.

Brown, à Chantilly.
Carratt, id.
Chesterman, id.
Childs, id.
Clout, id.
Cooke (E.), id.
Crickmère, id.
Flint, id.
French, id.
Hanson, id.
Hardy (G.), id.
Hartley, à Lamorlaye.
Horan, à Chantilly,
Hudson, id.
Hunter, id.
Jonhson (A.), à Chantilly
Lane (T.), id.
Lacoste, id.
Lock, id.
Lutas, à Lamorlaye.
Luke (H.), à Chantilly.
Madge, id.
Maiden, id.
Mann (S.), id.
Miles (H.), id.
Newling, id.
Reynolds, id.
Rolfe, id.
Rowden, à Lamorlaye.
Rowell, à Gouvieux.
Stripp, à Chantilly.
Storr, id.

Toccok, à Chantilly.
Tunley,   id.
Watkins (A.), à Chantilly.
Ward,   id.
Ware,   id.
Wheeler,   id.
Williams (G.), id.

Laiterie.

Veuve Prévost : Spécialité de fromages à la crême, beurre et œufs ; avenue de la Gare, 2.

Limonadier.

Guillemot (Hippolyte) : Café de Paris ; rue de Paris.

Libraires.

Veuve Coulon-Pannelier, correspondante des journaux, Grande-Rue, 95.

Veuve Robineau : Papeterie, librairie française et anglaise, jouets, parfumerie, abonnements de lecture, articles de Paris, plans de la forêt, vues de Chantilly ; Grande-Rue, 47.

Loueurs de Voitures.

A. Vincent : Maison recommandée ; rue de Gouvieux, 1 bis.

Jean Herlem, avenue de la Gare.

Legrand, place de la Gare.

Lesueur, avenue de la Gare.

Marchand de Bois en gros.

Casse, Grande-Rue.

Maréchalerie.

Chaalon (Louis) : Maréchalerie et charronnage ; avenue de la Gare, 14.

Taylor (Henri) : Maréchalerie anglaise ; place de l'Hôpital, 1.

Targett, rue de l'Hôpital, 5.

Modes.

Morel (Mme) : Mercerie, lingerie, bonneterie et corsets ; Grande-Rue, 72.

Modistes.

Joris (Mme), rue de Gouvieux, 4.

Picard (Mme), Grande-Rue.

Renaux-Diriquen (Mme): Lingerie, ganterie, parures de mariées ; Grande-Rue, 103.

Pâtissier-Glacier.

Gentil (Albert), élève de Bourbonneux : Cuisine pour la ville. Renommée de son gâteau Ambroisie et de Chantilly.

Plombier.

Lecomte (Jules) ; avenue de la Gare.

Porcelaines et Cristaux.

Girault (Léon) : Verrerie, grand choix de services de table ; garniture ; toilette ; cloches maraîchères ; pots à fleurs ; Grande-Rue, 50.

Mansard (Auguste) : Fantaisies, grand choix de services de table ; réassortiment de tous services et de toutes pièces sur modèles ; spécialités de thés. Tapis, brosserie, parfumerie, couronnes mortuaires, poterie en tous genres ; Grande-Rue, 126 bis.

Photographe.

Michelon, rue des Cascades.

Primeurs et Fruiterie.

Courtois, rue de Gouvieux.

Propriétaires.

Mme la baronne de Saint-Didier, place de la Gare.
MM. le vicomte d'Hédouville, avenue de la Gare.
    le comte de Berteux,   id.
Mme Fouchard,   id.
MM. le baron Schickler,   id.
    Paul Aumont,   id.
    Delamarre,   id.
    de Saint-Albin,   id.
    Lecarpentier,   id.
    Perpette, ancien entrepreneur, id.
Mme Kent,   id.
Mlle Desormeaux,   id.
MM. Jules Lecerf,   id.
    Coates,   id.
    Fournier,   id.
    Michel, place de Gouvieux.
    Desjardin,   id.
    Morin, place de Gouvieux.
    Gibson,   id.
    Versepuy, ruelle Gaillard.
    Clément Duval, place de la Gendarmerie.
    Lecerf (Laurent), rue de Gouvieux
Mme Lelong,   id.
M. Ridgway,   id.
Mlle Darimon,   id.

M. le baron Gustave de Rothschild, avenue de
    Gouvieux.

M. Ch. Lavallée, rue de Gouvieux.

Mlle de Monteville,   id.

Mme veuve Petit,   id.

MM. Paillard,   id.

    Perraut, rue des Jardins.

    G. de Salverte, rue Saint-Laurent.

    le baron Gustave de Rothschild, rue Saint-
        Laurent.

    Bocquet, impasse des Jardins.

Mme Drouin de Lhuys, rue d'Aumale.

MM. Poiret,   id.

    Bocquet,   id.

    Robinson,   id.

    Jorel,   id.

    Gravier,   id.

    Clavet,   id.

Mme Guitard,   id.

MM. Odiot,   id.

    Cezilly,   id.

    Chifney,   id.

    Regimbault,   id.

MM. Tavault, avenue des Ecuries.

    Hémont,   id.

    Dérinet,   id.

    Halouin,   id.

    Noël,   id.

    Fleury,   id.

    Destors,   id.

Mme James,   id.

M. Gabé,   id.

M. Fred. Martin, avenue des Ecuries.
Mme veuve Dugied, id.
M. Gentil, ingénieur, id.
Mme Fleury, id.
MM. Euzières, id.
    Khan, Grande-Rue.
    Leclercq, id.
    Aubert, id.
    Yves Maurice, Grande-Rue.
    Auber, id.
    Durand, id.
    Lévêque, id.
    Taupin, id.
Mmes Prevost-Jacquin, id.
    Millot, id.
    Aaron, id.
    Gailly, id.
MM. Goffard, id.
    Leclancher, id.
    Leduc, id.
    Coudeu, id.
    Perdrigeon, id.
    Wallon, id.
    Picard, id.
    John Baines, id.
    Lefebvre de La Fargue, Grande-Rue.
    Soyez, rue des Cascades.
    Texier, id.
    Duhamel, id.
    Comte, avenue de Creil.
    M. le baron de Brisoult, rue de la Chaussée.
Mme Coindet, rue du Viaduc.

Quincaillers.

Toupet (E) : Outillage, appareils d'éclairage en tous genres; Grande-Rue, 35.

Protot (Albert) : Fers et métaux, spécialité d'articles de chauffage et d'articles de luxe; Grande-Rue, 68.

Restaurants. — Marchands de vins.

Maisons recommandées :

Compagnon (veuve), rue de Gouvieux, 4.

Delacour (Isidore), avenue de la Gare, 21.

Rousseau (Félix), 11, rue de Gouvieux.

Breton, chalet de la gare, place de la Gare.

Saint-Aubin, avenue de la Gare.

Selliers.

Brunet (Georges), fabricant : Spécialité pour courses, entrainements et chasses. Harnais de luxe; grand choix de couvertures; habillements pour chevaux; brosserie, vannerie et articles d'écurie. Prix modérés. Envoi du tarif sur demande; rue de Paris, 9.

Dial-Daniel : Sellerie française et anglaise. Spécialité d'articles de courses, écuries et chasses. Grande fabrication de harnais en tous genres à des prix très modérés. Marchandises garanties ; Grande-Rue, 61.

Trébois : Sellerie française et anglaise; rue de Paris, 4.

Tailleurs.

Cohl : The Newmarket tailor, special breeches maker ; tous articles anglais première qualité : chapeaux, chemises, cols, cravates, gants, etc.; Grande-Rue, 91.

Leclercq : Spécialité de culottes de courses; se
recommande par ses articles français et
anglais de premier choix ; rue de Creil, 18.

Peytavi, tailleur pour messieurs et enfants : Spécialité pour dames, amazones; Grande-
Rue, 90.

Stern (Adolph), rue de Paris.

Tapissiers.

Bléry (Alexandre) : Meubles en tous genres; Grande-
Rue, 99.

Dufour (Paul) : Ameublements de tous styles;
Grande-Rue, 32.

Larue, rue de Paris.

Teinturiers.

Veuve Bazalgette, Grande Teinturerie de Chantilly :
Spécialité de noir anglais, nettoyage à neuf
de literie; noir pour deuil en 24 heures;
Grande-Rue, 67.

Tondeur de Chevaux et de Chiens.

Nicolas, dit Parfait, Grande-Rue, 18.

Vins en gros.

Brochet (Jules) : Distillation, vins fins en bouteilles
et en fûts; place de l'Hôpital.

Bach (Paul) : Vins et spiritueux, vins fins et
liqueurs; maison recommandée; Grande-
Rue, 120.

Vins et Liqueurs.

Saint-Aubin, avenue de la Gare.

TABLE DES MATIÈRES

———

Senlis. — Imp. E. PAYEN.